Anonymous

Tyel Ulenspiegel in niedersächsischer Mundart

nach dem ältesten Druck des Servais Kruffter photolithographisch nachgebildet

Anonymous

Tyel Ulenspiegel in niedersächsischer Mundart
nach dem ältesten Druck des Servais Kruffter photolithographisch nachgebildet

ISBN/EAN: 9783743372474

Hergestellt in Europa, USA, Kanada, Australien, Japan

Cover: Foto ©Andreas Hilbeck / pixelio.de

Manufactured and distributed by brebook publishing software (www.brebook.com)

Anonymous

Tyel Ulenspiegel in niedersächsischer Mundart

TYEL ULENSPIEGEL

IN NIEDERSÄCHSISCHER MUNDART

NACH DEM

ÄLTESTEN DRUCK DES SERVAIS KRUFFTER

PHOTOLITHOGRAPHISCH NACHGEBILDET.

Es ist bekannt, dafs die beiden ältesten Ausgaben des Ulenspiegel zu den gröfsten Seltenheiten der deutschen Volksbücher-Litteratur gehören. Während von der ältesten zu Strafsburg 1519 gedruckten Ausgabe des hochdeutschen Textes nur ein einziges Exemplar bekannt ist, nach welchem Herr J. M. Lappenberg seine Ausgabe (8vo. Leipzig 1854) veranstaltet hat, kennt man von der undatirten Ausgabe in niedersächsischer Mundart kein completes Exemplar, sondern nur zwei Fragmente, die sich jedoch gegenseitig so glücklich ergänzen, dafs sich aus ihnen das durchaus vollständige Werk ergiebt. Das eine dieser Bruchstücke besitzt die K. K. Hofbibliothek in Wien, das andere die K. Bibliothek in Berlin. Die Vorstände beider Anstalten vereinigten sich daher, ihre Exemplare auf dem Wege der Photolithographie gegenseitig zu vervollständigen und die Herstellung einer kleinen Anzahl completer Exemplare für den Buchhandel zu gestatten. Auf diese Weise entstand das vorliegende Facsimile.

Die Frage, welche der beiden Ausgaben die älteste sei, bleibt auch nach Lappenberg's eingehenden Untersuchungen unentschieden. Für die schon vor ihm ziemlich allgemein als richtig erkannte Annahme jedoch, dafs das Werk ursprünglich in niedersächsischer Sprache abgefafst worden sei, entscheidet sich auch Lappenberg. Da nun ein anderer als der Kruffter'sche Druck in niedersächsischer Mundart nicht existirt, da ferner die älteste hochdeutsche Ausgabe von 1519 einen von Thomas Murner umgearbeiteten Text giebt, so scheint der Schlufs gerechtfertigt, dafs unsere niedersächsische Ausgabe dem ältesten Texte der Legende näher steht als irgend eine andere.

Servais Kruffter (Servatius Cruftanus) druckte in den Jahren 1518 und 1519 in Basel und von da ab bis 1531 in Cöln, wie aus den von Panzer aufgeführten Drucken seiner Officinen ersichtlich ist. — Die Holzschnitte, mit welchen der Kruffter'sche Druck geschmückt ist, gehören verschiedenen Schulen an. Lappenberg (a. a. O. p. 149) macht auf eine Figur aufmerksam, die sich bereits in einem, von Joh. Grüninger im Jahre 1503 gedruckten, Terentius vorfindet.

Photolithographie und Druck unseres Facsimile sind aus der Anstalt der Gebr. Burchard hervorgegangen.

Berlin, October 1865.

Die Verleger.

Eyn kurtz zuylich
lesen van Tyel vlenspiegel: geboren
vyß dem land Brunzwick. Wat he selzamer boitzen be
dreuen hait syn dage, lüstich zo lesen.

Gedruckt by Seruais Kruffter.

Wie Vlenspiegel geboren/ vñ zo dryen malen gedeufft
wart. vñ wer syn patten vñ goden waren. dat y:st Capit.

Jn dem wald Melbe genant/ym Saſſen land/in dem
dorff Knetlingen/da wart Vlenspegel gebore. Syn
vader hieß Cluys vlenspegel/vñ syn moḋ Ann wiſſi
ken. So sy des kyndes genaß/do sante sy yd zo Amplenen in
dat dorp zo deuffen/vñ nanten yd Thiel vlenſpiegel. Vnnd
Thiel van der Burch Amplenen genant/wart syn douff patt
vñ Amplenen is dat ſchloß dat die van Meydburch by ly=
jaren mit hulff der andere stede/fur ein rouffſlos zobrachen.
Da nu Vlenſpiegel gedoufft wart/vñ sy dat kynt weḋ heim
wolden dragen zo Knetlingen/da wold die douffgoḋ die ḋz
kint droge/endlich duer einen ſtech gay/vñ sy hat zo vil biers
gedrocken na der kynt douffen. want da is die gewoende dat
men die kynd in dat bierhuiß dreyt vñ synt frolich. also vyde
die gode in den dreck mit dem kynde. Da holffen die andere
vrauwen der baed goden mit dem kynd weḋ vß. vñ giengenn
weder heym in yr dorff/ vñ wuſchen dat kynt in einer büdds
do wart Vlenſpiegel eins dags driimail gedeuft/ein mail in
der douffen/zom anḋn mail in der fuler ſoe/zom derdē in war
men waſſer in der Büdden.

Wie Vlenspegel antworde eym reyſigen mañ/
der na dem wege vragede.

Als Vlenspegel noch ein kynt was/was he vp ein zyt
alleein zo huiſe/do quam ein man ryden aent huis vnd
vraegde na dem wege. vñ want he niemant en sach/so riep he
ys dair niemāt im huiß. So ſacht dat kynt Vlenſpyegel ya
yd/and halff mañ vnd ein roß heufft. want du bis mit deme
haluen lyue hierin mit des pertz heuffde/ vñ ich byn ein gantz
mañ. So vraegde der man. wair is din vader vñ moḋr dz
kint ſacht. myn vad is van bosem boser zomachen. vñ myn
moḋ is vm ſchaden off ſchande. Der man ſacht/ wie dat? dz
kint ſeyde/ myn vader macht einen quaden wech noch quader

want he macht grauen vp dat beseyde lant/ dat men darvp niet vaeren mõg. Myn moõ is broit lenen gyfft sy mynõ weder dat is schand. gyfft sy merõ weõ/dat is schade. So sacht der man/waer sal ich recht hyn ryden: dat kint seyde/daer die genß hyn gaen. do der man quam ryden/flogen die genß ynt wasser. So zwyuelde der man vñ reyt weõ vm/ vnd sacht de genß fliessen ym wasser/suß weis ich niet wair hyn ryde. Sz kint sachr. yr solt rydt daer die genß gain vñ nit daer sy srim men. So reit der man ewech/ vñ verwõderde sich sere van õ antworden des kyndes.

Wie alle münschen dagden õuer den jongen Vleuspye gel/ vñ wie he vp eym perd hinõ sym vaõ saß/vñ stilswygend die lüid in ars lies sien. dat. ij. Cap.

Bnd Vlenspegel so alt wart dat he gain kond spielt hamtt den jongen kinden/want he was so nötlich wie en affe. krouf vp der erdē in dem graeß/so lang bis he iiij. jair alt wart. do fleiß he sich aller schalckheit/also dat alle minschen clagden ouer den alden Vlenspiegel/dat syn son tiel were ein Boue. Do quam der vad zo dem soin vn sacht/wye geit dat doch zo/dat alle minschen ouer dich clagen dattu sys ein schalck. Der son sprach lieuer vad ich endoin doch nie mant niet/dat wil ich bewisen. ganck sytz vp dyn eygen pert/ so wil ich hind dich sytzen vn stil swygē/mit dir durch die gas sen ryden/nochtant werdē sy ouer mich liegen/des nym acht. Also ded der vad/nam jn hind sich vp syn pert. Do hoif sich Vlenspiegel vp vn ließ die lüid yt in den arß sien/vn saß dar med ned. Da wesen die lüid vp jn vnd sprachen fü dich an/ wat schalcks bis du. Do sacht Vlēspiegel/hoer vad/nu süiß du wail dat ich niemant niet doin/nochtant sagē die luid ich sy ein schalck. Do satzt der vad den son vur sich vp dat pert/ da saß Vlenspegel stil/auer he sperde dat muil vp vnd greyn die Buren an/vn sloig die tzong vß. Do lieffen die luid tzo vnd sprachen/siet tzo/wat jongen schalcks is dat. Do sprach der vad/du bis frylich in einer vngluckhafftiger vren gebort. Du sytz vn swīgs styl/deis niemāt niūst/nochtant sagen die lüyd du sijs ein schalck. Also zouch syn vad mit jn van dannē yn dat Meygburgsche lant vff dat wasser die Sal genant. Da her was vlēspegels mod. Bald darna starff syn vad. Da bleif die mod by dem soin vn wart arm. vnnd Vlenspiegel konde gein hantwerck/vnd was by. xvj. jait alt. vn bruichte sich in villerley geuckeryen.

Wie Tyel vlenspiegels mod jn vnd wysen wold/dat he ein hantwerck leren süld. Die iij. History.

Vlenspiegels mod was nu fro/vnd ducht dat yr son nu styl wurd. vnd straifft jn dat he gein hantwerck wold le ren. do sweich he styl. Do ließ die mod niet aff jn zo straiffen

So sprach Ulē
spiel/lieue moder
wat zo sich einer
begifft/des wirt
im syn leeffdage
genoich. So sa=
chte die mod/ich
lais michs wail
bedūnckt/ich en
hap in.iiij. woch
en gein broit yn
mynem huiß ge
hait. Olenspie=
gel sacht/dat diet
vp min rede niet
auer ey arm mā
der niet tzessen hait/der vast wael sent Niclais. vnd wan he
wat hait/so yst he mit sent Mertins auēt. also essen wyr ouch
mannich mailtzyt leue moder.

Wie Olenspiegel einē broitbecker bedroig vm einen
    sack vol broitz.   Die.iiij. Hiſtory.

O Lieuer got hulff gedacht Olenspiegel wie sal ich myn
  mod gestillen. wa sal ich broit kriegen in yr huis. vnnd
gieng vß dem flecken da syn mod in wo inde/tzo Staffort yn
die stat/ vnd ermirckde eins rychen broubeckers handlūg vn̄
gieng tzo jm in syn huyß sagende/off he sym heren wolde sen=
den vur.x. alb. broit. vnd nant den heren van einer gegent/ sa
gende voirt dat syn heer weer tzo Staffort in der seluer statt.
vnd nant ein herberg dairin he were. vn̄ der becker sūld einen
knaben mit jm senden in die herberg/da wōld he jm dat gelt
geuen. Der becker sacht ya. Nu hat olenspiegel einen sack d'
hat ein vborgē loch/darin ließ he jm dat broit tzē den. vn̄ d' ber

er fant einen jongen mit im dat gelt zo holen. Also nu vlen=
spiegel eine armborst schütz wegs van des beckers huiß quā
da lies he eine weck uß dem loch fallen in den dreck. Do satzte
vlenspiegel den sack nieder und sprach zom jongken, ach dat
beschissen broit endarff ich für mynen heren niet brengen/
louff bald mit dem widder um zo huiß, und brenge mir eyn
ander broit dar für, ich wil dyn hye warten. Der jongh lieff
hyn und hold ein ander broit, die weil was vlenspiegel hyn
gegangen, un gieng in die vürstat in ein huiß, da was ein karr
uß syn flecken, dar uff lacht he syne sack, und fürt yd in sinet
moder huiß. Und do der jung mit dem broid quam, do was vlen
spiegel hynweck. Doe lieff der jong zorlick un sacht dat dem
becker. Der gieng bald zo der herberg die im vlenspiegel ge
nömpt hat, do fant he in niet, sonder sach dat he bedrogen was
Vlenspiegel quam heim und bracht der moder dat broit und
sprach nym hyn dat broit un yß, die weil du wat hais, un fast
mit sent Nidaus wan du niet enhais.

Wye Vlenspiegel in
einē ymen karren krouff
vnd zween dief quamē
by der nacht vn wolden
den ymen korf stelen, vn
wie he macht d at sich de
zween rouften, vn liessen
den ymen karrē vallen.

Es ein zyt begaf id
sich dat vlenspegel
mit siner moder yn ein
dorff gieng zo der kyr=
mis, vn vlespiegel drāck
sy ich droncken, vn gieng
vn soicht ein ende dat he
frölich slaiffen möcht dz

jm niemant niiist dede. Also fant he da hynde in dem houe
eynen houff ymen/da by lagen vil ymen karren die ledich wa
ren/da krouff he in ein ledig vas dat neest by den ymen lach/
vnd meint he wold ewenig slaiffen/vñ slieff van midtage an
bis dat yd nae midder nacht wart. vñ syn modͤ meint he we
re widder heim gegangen/da sy jn nergent sach. Also in dͤ sel-
uer nacht quamen tz ween dieff vnd wolden einen ymen stelẽ
vnd sprach einer tzo dem anderen/ich hain alweg hören sagẽ
welcher der swerste ymen kart sy/der sy der beste yme. also hü
uen sy die karren vñ vasser vp ye eint na dem anderen. vnnd
da sy quamen tzo dem karren da vlenspiegel in lach/der was
dat swerste. da sprachen sy/dat is der beste. vnnd namen den
vp yr hdsse/vnd drogen jn van daer. In dem erwachte vlen
spiegel/vnd soitt yr anslege/vnnd yd was düster/dat einer
den anderen niet gesien konde. also greyff vlenspiegel vß dem
ymen karren vnnd nam den fürdersten by dem haer/vnd gaf
jm einen güden rop/dat jm die swaerde kracht. Der wart dn
seer tzornich vp den hindersten/vnd meint der het jn also by
dem haer getzogen. vnd wart jm fluchen. Der hinderst sacht
dreumet dich/ader geistu jm slaiff/wie sold ich dich by dem ha
re roppen/ich kan doch naw den ymen karren mit mynen hẽ
den gehaldẽ. Vlenspiegel lacht heimlich vnd gedacht/dz spil
wil sich recht machen. vnd beit bis sy auer eyn acker foir gegin
gen. do gaff he dem hindersten ouch einen güden rop dat he
sich ramp. Der wart noch tzorniger vñ sprach. ich dragẽ dat
mit der halß kracht/vñ du sprichs ich treck dich by dem hait
vnd du trecks mich by dem haer/dat mir die swaerde kracht/
der fürderste sprach/du lügs yd in dinen halß. wie solde ich
dich by dem haer trecken/ich kan doch niet den wech für myt
gespen. ouch saltu wissen vüt waer/dat du mich by dem haer
getzogen hais. vñ giengen also tzanken mit dem ymen vort
an tzo fyuen vndereinander. Niet lang darna do sy am mey
sten tzancken waren/ so treckt vlenspiegel den fürderstẽ noch

vns dat jm dat heufft an den Byēn korff flies. Do wart he alfo
zornich dat he den ymen karrē fallen lies. vnd floig dem hin
derften düifterlich mit den füiften na dem kop. Der hinderft
verlies den ymen karrē ouch/vn̄ viel dem fürderftē in dz hair
alfo dat fy ouer einandn̄ vielē/vn̄ einer verloif den andn̄ vn̄
wyft einer niet wa der and bleiff. vn̄ blozt fich in dem düifte
ren vnd lieffen den ymen karren lygen. Alfo fach Ulenspegel
vß dem ymen karren vn̄ vnam dat yd noch düffter was. Do
dückt he fich wed ned bis yd dach wart. do ginck he her vß
vn̄ wift niet wa he was. Doch ginck he eynen wech vß/Daer
quam he tzo einer burch/da bdingt he fich vp vur einen jonf
feren knecht.

Wie Ulenspiegel ein jonfferen knecht wart. vn̄ jn syn
joncker kierdel wa he fünde dat cruit henff/darin füld he
fchüffen. Do fcheiß he in den fenff. meint henff vn̄ fenff
wer ein dinck. Die.vj.Hiftorye.

Ald darna quā
Ulenspiegel vp
ein floß tzo die-
nen by einen jonckeren
vn̄ gaff fich vß für einē
jonckeren knechte. alfo
muft he balde mit sym
jonckeren rydenn ouer
felt. vnde by dem wege
ftoind henff. Do fachte
fyn joncker. füiftu dat
cruit wail dat da fteit/
dat heift henff? Ulefpe
gel facht ya/dat fien ich
wail. So sprach fyn
joncker/wat du dar tzo
kums fo fchijs darinn.

want mit dem kruyd bindt vnd henckt man an galgē die reu
ter vñ die sich aen heren dienst vß dē saedel ernerē/van dem
bast dat van dē kruid wirt gespōnen/vlēspiegel sagt ia/dat ist
wail zū doin. Der hoeffmā as der juncker reit mit vlenspe-
gel hin vñ her in vil steed vnd halff rouuen/steden vnd nemen
als sein gewonheit was. Vñ begaff sich eins dags/dat sie zū
huiß waren vñ lagen stil/vnd als id mittag wold werden/ so
geyt vlenspegel in die küchen/do sprach d' koch zū ym/juncker
gack hin in den keller da steit ein erdē düppen myt senep (als
vp die sassen sche spraech) dē breng mir. vlenspegel sprach ja
vñ hed sein lefftaeg noch nirgen gein senep aes saiff gesyen/
vñ do he in dē keller dat düppen mit dē senff fant/do gedacht
he in sich selver/wat mach d' koch damit do v wyllēnich meinē
he will mich da mit bindē.he gedacht ouch widers/myn junc-
ker hait mich ya geheissē wa ich süllich kruit fünd/so süld ich
darin schyssen. vñ he bockt vur dat düppen vñ scheiß darin/
vnd bracht ydt dē koch. wat geschach d' koch gedacht nirgens
an/ vñ ilens richt he in seß do belletger den gestē den senff an
vñ sant zo disch. Der joncker vñ syn gest/stypten in den senf
der smackte gantz ouel. d' koch wart gefraegt wat he vur senf
gemacht het. d' koch smackt ouch des sens vñ spey vß sagde
d' senff smackt wie dryn geschissen sy. So wart vlenspegel la-
chen. Do sprach d' ioncker/lachstu so schamperlich/meinstu dz
wir niet smacken künnē wat dat sy/gleufs duys niet/so smak
du ouch. Vlenspegel sprach/ich essen des niet. wyst yr niet wz
yr mich geheissen hait vp der straissen/wa ich des krutz sege
daruff süld ich schyssen/men plege die reuuer daran zo hange
nu als mich d' koch in keller na senff sant/so hain ich gedoin
na vrem heissen. Do sprach d' joncker. du böser schalck/datt
kruit dat ich dich weiß dat heist henff.dat dich d' koch brēge
hieß heist senff.du salt myrs haldē.dā lieff vlenspegel ewech

Wye Vlenspiegel sich zo eim pastoir verdingde/vñ
wie heim die gebraden hüener vam spyß aß.

B

Ȳn dē land' zo Brūn
swick ligt eyn dorff
im stifft zo Meydburch
geheisten Budēstedē da
quā vlēspegel/in ds pas
sen huiß/ď pass dyngt jn
für einen knecht/auer he
kant jn niet/vn̄ sacht zo
jm he sūld gūd dag vnd
einen gūdē dienst by jm
hauē/sūld essen vn̄ drinc
ken dat best/als gūt als
sein kellerin/vn̄ allet dat
he doȳ müest/ded he mit
haluer arbeit. Vlēspegel
sacht ja darzo he wōld yt
doin/vn̄ he sach dat des
passen kellerin niet dā ey oug hat/ vnd sy dōde zwei hōner vn̄
stach sy an den spiß zo bradē/vnd hieß vlēspegel neď sitzē vn̄
sy bradē. vlēspegel was bereit vn̄ want die hōner. Doe sie
bynae gebradē warē/do gedacht he der paff sacht doch do he
mich dingd/ich sūld essen vnd drincken so goit als he vn̄ sin
kellerin. dat mōcht an desen hōnerē felen/so würdē des pas
sen wort gelogē sin/vnd ich eß ouch van den hōneren niet/ich
wil waiß sin/vp dat sin wort wair blyuen. vnd brach dat ein
hoin vā dem spiß vn̄ aß yd sond broit. So yd nu essens zyt
wart so kūpt die kellerin (die was ein ōgich) zū füer vn̄ wol
de die hōner bedrucssen/do sach sie niet me dan ein hoin am
spiß/do sacht sie zo vlēspegel/ď hōner warē zwei/war is dat ein
komē? Vlēspegel sprach. Fraw/dū ervr and' oug ouch vp so
sietz yr die hōner all beid. So he d' magt dat ein oug v weiß/
wart sy zornich ōuer jn/lieff zom passen sagende/wie syn sy
ner knecht sy bespot het mit ērem einē ougē. vn̄ so sy zo jm se

ge wie he bried/so stund sy niet van ein hoin. Der paff gienck
zom füyr vñ sacht zo vlenspegel/wat haistu miner magt zo
spotten/ich sien wail dat ner ein hoin am spyß sticht/sint doch
zwey gewest. Vlenspegel sacht ya. Der paff sacht/wa is dā
dat and bleuer vlensp. sagt/id sticht doch da. düet vff beid ou
gen/so siet yr wael dat ein hoin am spiß stechen. so sacht ych
zo vrer magt ouch/do wart sy zornig. So lacht der paff sa=
gende. des kan myn magt niet/beid ougē vp do p/wāt sy hait
niet dā ein. Vlensp. sacht/her dat sagt yr/ich sage niet. Der
paff sacht/dat is geschien vñ blyff da by. auer dat ein hoin is
ewech. Vlensp. sagt/ya yd is ewech/dat and sticht noch. ich
hain eint gessen als ir gesprochen hait/ich süld yd ya so gūt ef
sen vñ drincken als yr. so was mir leid yr würdē legen/vñ dye
höner beid allein gessen hain. vp dz yr niet lōgē/so aß ich dat
ein hoin. Des wz d paff zo frydde vñ sacht. myn liever kne=
cht wat is mir vm ein gebradē hoin zo doin. auer do vortan
na miner magt willen. Vlensp. sagt/ya lieff herr wat yr wilt
darna wz die magt vlensp. hieß doin/dat ded he halff. sold
he ein eymer wassers holē/so bracht he in halffol. sold he ijj
holzer holen ant füyr/so bracht he eint. vñ also mit andn dī=
gen vil. also mirckt sy dat he yr dat zo widdrmoid ded/vñ be=
clagd in widd an dem paffen. Der paff sacht/vlespegel liever
knecht/myn magt dagt över dich /vñ ich bat dich doch darrū
doin süldes wat sie gern het. Vlensp. sacht/ya herr ich hayn
ands niet gedain/dan yr mich hiessen. Ir sacht/ich kūnd vr
ding mit haluer arbeit gedoin. vñ vr magt seeg gern mit bey/
den ougē/vñ süit doch niet dan mit eim ougē/vñ süit niet dā
halff. also ded ich halff arbeit. Der paff lacht/die magt zorn
te vñ sprach/herr wan yr den leckerschen schalck wolt lange
behaldē/so wil ich vā och lauffen. Also moist d paff vlenspe.
veloff geuē. doch hantierd he mit den burē/wāt d offerman
des dorffs was doit. vñ sy kondē ein offermās niet entberen
do machtd paff dat die bure vlenspegel annamen.

B ij

Wie vlenspegel ein offerman wart im dorff zo Budē
stett/vñ der pastoir in die kirch scheyß.

Als nu vlenspegel in dem dorff ein offerman was/
do kund he niet singen als dan ein offerman zo ge
hȯrt. Als nu der paff bereit was on ein offermant
So stund der paff eins mails vur dē altair/vñ ded sich an
vnd wold myß lesen/do stund vlenspegel hynder jm vñ richt
ym sein alff zo recht/do ließ der paff ein groſſen fortz dat id
durch die kirch schall. So sprach vlenspegel/herr wilt yr dat
he vur dem altair vnsem herren offeren vur wyrouch/der
paff sprach. Wat fragstu darna? is doch die kirch myn/ich
haeff die macht wail/dat ich mach midden in die kirch schyſ-
sen. Olenspegel sprach dat gilt vch vnd myr ein thun biers/
off yr dat doit. Ja sprach he ydt gilt wail vnd wedden mit ein
and/vñ der pastoir kade sich van dem altair vnd scheis in
die kyrch einen houff vñ sacht/offerman ich hain dat bier ge
wonnen. Olenspiegd sacht nein/wir willen yrst meſſen offt
im middel ð kyrchen sy als yr sachten. So maß vlenspiegd/
do seilde ydt seß voeß an dem middel/also gewan vlenspegel
dat bier. So wart die macht zornich vp vlenspegel/vñ sacht
zo crem heren/Jt halt desen schalck so lang/bys he vch zo al-
len schandē brengt.

Wie vlenspegel macht/ dat sich die man vñ wyuer
slogen in der Paersch nacht mit dem pastoir.

Do vleſpegel noch auster was sold men die vperstentenis
vns heren vp Paersch nacht spelen/vñ wāt die bure nit
lesen kondē/ so wart des pastoirs magt ynt graf gesatzt vur dē
engel. vñ vlenspegel nā zo jm. ij. Buren/dat warē die dry mer
gen/vñ der pastoir was der saluator mit ð vanen in ōl hāt.
So quamē die dry marien zō graue. vñ ð engel vraegde/wen
soecht yr/do sachtē die dry marien wie sy vleſpegel gelert hat/
Wyr soechē ein ald passen hoir mit eym ougen. So sy hoirt
dat sy bespot wart/stond sy vp vß dem graue/vñ wold vlen

spegel flain mit d' fuift
int angeficht/vñ miß=
de fyn vnd traff einē Bu
rē/d' yz einē muilftreich
wed' gaff. Die magœ
wart zozuich vñ treckt
den Burē mit dem Haer
Dit fach des Burē wyff
die lieff haeftlich vnnd
floge des paffen magt
weder. Syt fach ouch
der Paftoir/der ließ do
die vane fallen vnnd
quam fyner maget zo
hülpen/fo dat fy vnder
einanderen fere flogen
vnnd machten ein feer
groiß geruchte in der kyrchen. Vnnd als Vlenfpegel do fach
dat fy gram vnd zornich wurden. do gienck he vß dem dorff
vnd quam niet weder dar.

Wye vlenfpegel wold flyegen

Arum dat Vlenfpiegel vil wond's Bedziciff/fo wart fyn
naem wael bekant. vnde he quam zo Meyburch/daer
he gebeden wart dat he wat fremdes wolde bedzyuen. vnnd
he facht dat he wold gaen vp dat ouerfte van der heren Huis
da wöld he van fliegen. Vnd dit vernam all dat volck van
der ftat/vnd ein yetlich quam zo dem marckt. Vñ vlenfpie
gel ftoind vp der heren huiß vnd bewegde fich mit fynē armē
vnd geberde als off he fliegen wöld. vnnd dat gemein volck
fach alzo. zom leften als dat volck vergadert was/ wart
he lachen vnd fprach; Ich meynde dat gein gecken mee en we
ren dan ich/mer. hie y ft er ein gantze ftat vol. want het yz al ge
facht dat yz hetten fullen fliegen/ich enhetz niet gelouft. Vñ

ich byn doch weder gans noch fogel/ so hain ich gein flögel/
vn̄ aen flögel aed federn kan niemātz geslegen. Nu siet jr of
senbair/dat yd geloge is/vn̄ lieff da van der lenuten/vn̄ lieſz
dat volck ein deils flůchent/dat and' deil lachent vnd sprach't
Dat is ein schalcks narr/doch hait he wair gesacht.

Wie vlensp. sich vůr einē artz etwāſz gaf/vn̄ des bischofs
vā Merburch doctair arnedide/vn̄ jn bedroig.

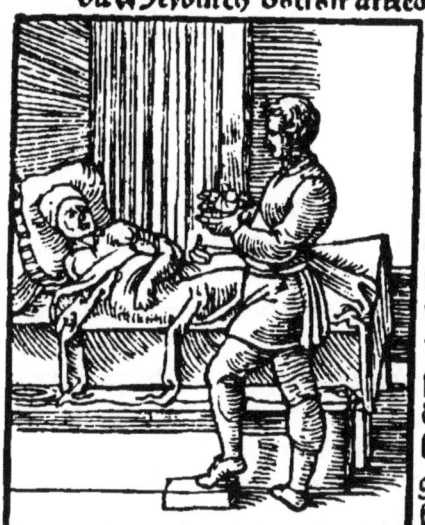

Zo Meyburg wz
ey bischof hiesch
Bruno/ey greue
zo Querfurt. Der hoirt
die anflege van Ulenspie
gel/vn̄ lieſz jn komē zom
Greuenstey. want jm ge
fielen synn swenck wail/
vnd gaff jm kleyd' vn̄ gelt
vn̄ die diener mochten jn
fast wail lyden. Nu hat
der bisschoff einē doctoir
by jm/d' duchtt sich gātz
gelert seyn. dem was des
bisschofs hoffgesynd nit
günstlich! Der doctor hat ein wyß an jm/dat he niet gern nar
ren vmb sich lydē mocht. Also sprach d' doctor zom bischof
vn̄ synen raeden/men suld wyß lüid an d' heren hoeff halden
vn̄ niet solche narrē/durch vil vrsachen willen. Die ritter vn̄
dat hoffgesynd sprachen darzo/dat wer niet gar ey rechte mei
nung vā dem docter/wer syn doirheit niet hain mocht/d' kün
de wail van jm gain/wer doch niemant zo jm getz wongen
Der doctor sacht dar widd'/Narrē by narrē/vn̄ wyß by wy
se. Die edelē sachtē/dat is gein wyß wort/wer sy niet wil hore
mach van jm gain. Etlich laissen sich dūncken wyß syn/lais-
sen sich doch bedriegen vā gecken. vn̄ die herē dorfuē vil san

kasyen mit den gecken/darũß betzymt yd sy zo haus. da sert syn/willen ouch narrẽ syn. Vñ die edelẽ sachtẽ vlẽspegel/wie sy geargu wiert hattẽ mit dem doctoir vm synẽ willẽ/vñ wõl de he dem docter ein schalckeit do in sy wõldẽ jm helffen dar zo Vlensp. sacht/yr herr wild yr mir helffen/ich sal t jm betzalen. So treckt Vlensp. vß dem houe. iiij. wechen lanck/vñ quam wed gen Greuenstein/vñ ging in ein herberg. Der docter was dickmails kranck. So sachtẽ des bischoffs herẽ/dat ein erva ren meister in ã medicinẽ komẽ wer/d den lũdẽ wail hãlffen kũnd. Der doctor kant vlẽspegel niet/vñ quã zo jm p die her Berg vñ leyt vlensp. mit jm vp die borch/da sacht he ym kũnd yt mir geholffen/ich sall vch vrẽ arbeit wail betzalẽ. Vlensp. sacht. Ich hoffen vch wail zo helffen/mer ich moiß ein nacht by vch slaiffen/vnd men sal vch wail decken dat yr sweist/vñ by dem roch van dẽ sweiß sal ich mircken vr krenckte vñ wat raetz e men dair zo doin sal. Vnd der doctor meint all wairs So gaff jm vlenspegel ein scharpe pürga.y vm jn zo doyn schijssen/mer he sacht dem doctor dat yd ein medicijn wer vñ zo sweissen dat der doctor ouch wairs meynde. So nam vlẽ spegel ein erdẽ düppẽ vñ scheiß darin einẽ groissen houff/ vñ satzt dat düppen vpt bed tusschẽ den doctor vñ d want dat yd ter doctoir niet en wist/vnd he ging vur vp dat bed ligẽ by dẽ doctoir. So lach der doctoir vp dem bed/ vñ hat sich gekyert zo der want/do kreich he sulchẽ stanck vã dem dreck d in dem düppen stond/dat he sich vmkyrde zo vlensp. Vñ wã sich der doctor zo vlenspegel gekyrt had/ließ vlensp. einẽ groissẽ fürtz der seer stanck/dan kerd sich der doctor widd vñ/van so stanck der dreck in dem düppen. Dit moist der doctoir lyden die halff nacht/also dat jm ducht syn hertz wõld jm brechẽ vã stanck. So begunt die medecy zo wirckẽ die he ingenõmẽ hat doe sacht Vlenspegel/herr doctor wie is yd nu mit vch/mich dũnckt dat vr sweiß seer stinck. der doctor dacht in jm selffes/ dat riechen ich ouch wael. vñ he was so vol van dem stanck/

dat he niet sprechen kond/vlenspiegel sacht dee/lygt still ich
sal ein kertz anstechen vñ besyen wie yt gestalt sijt. Als yn vlē
spegel vp richte lyeß he einen groisse fortz. Der doctoir sacht
do o wie wee is mir. want he was so cranck dat he syn heufft
niet enkond vpheuen. mer he danckte gode dat vlenspegel vā
dem bed was dat he wat lucht moicht kriegen. Als vlenspe-
gel vp was/ so scheyn der dach vñ he lieff ewech. Vñ der doc
toir sach by ym stain dat düppen mit dem dreck vñ was seer
kranck van dem stanck. Des morgens quamē die edelē vmb
den doctoir zo besōchē vnd vraegdē wie yd mit jm weer/mer
der doctoir kond nenlich gesprechen. mer he sacht myt kran
ker stymmen' Jch was bladen mit eym schalck/ich meint he
en meister were der medicynē/do was he ein meister alre schal-
heit. vñ sacht wie im geschiet was. Do lachte der bisschof mit
al synen heren vñ sacht/Dit is geschiet na vren wordē. yr sa-
chten men süld mit gecken niet vmgaen/a d' wijß sild mit
den gecken werdē geck. doch wirt mācher wijß gemacht durch
die werck d' gecke. want het yr vlenspiegel mōgen lydē vñ syen
so werd yr van jm niet bespot wordē. Want der artzed der
by vch is geweist/was vlenspiegel/dat wysten wir wail. vnde
woldet vch niet saget off warschouwen/na dem yr so wijß we
sen wilt. Dait is gein man so wijß he en moeß gecken erkennen
want werē gein geck/wa by sold men dan die wijsen erkennē?
Do sweich der doctoir still/ vnnd daegd vortan niet me ouer
die narren.

Wie Vlenspiegel zo Peyne ym dorff eyn kranck
kynt schüssen machte.

Rechte bewerde artzedye schüwet men by tzyden vm
eins cleynen geltz willen. vñ men moiß den lantleuf
feren dück noch so vil geut. Als eins geschach im stift
tzo Hildeßheim. da hin ouch vlenspiegel vff ein mail quam
in ein habergi da was der witt niet daheim. vnd vlenspegel

was da wail bekant. Die wirtyn hat ein kranck kint. Ulesp-
vraegd die wittyn wat dem kynd gebrech/ wat id vur ey kre-
de het. Die vraw sacht/ yd kan niet zo stoil gain. kund id zo
stoil gain/ so würd id wail besser mit jm. Ulensp. sacht/ dem
wer wail gut rait zo doin. die fraw sprach/ hülff he jm/ sy wölt
de jm genē wat he wold. Ulenspe. sacht/ darfür wold he niet
hain/ yd wer jm ein lichtre kunst. Beyt ewenich/ yd sal geschyen
Nu hat die vraw hindē im dorff wat zo doin. dar gieng sy.
die weil scheiß vlensp. einē groissen dreck an die want/ sat bal
de des kyndes kackstüelge dar ouer mit dem kind. Die fraw
quā wed/ vn sach yd vp dem stoil syzzen/ vn sprach/ Ach wer
hat dat gedoin? Ulensp. sacht/ ich haint gedoin. Ir sachten
dat kint kund niet zo stoil gain. so hain ich dat kynt darvp ge
setzt. So wart sy gewar des dz vnd dem stüelchen lach. So
sacht sy/ sy et hie zo/ dat hait dem kind ym lyff gebrochē/ des ha
uen vmmer dāch dat yt dem kynd hait geholffen. Ulensp. sa-
chte/ d' artzedii kan ich vil machē mit gotz hülffē. Die fraw
hat jn früntlich/ dat he sy die konst wold lerē, sy wold jm lo-
nen. Ulensp. sacht wie hemtiest e wech/ wan he wed queem/
so wold he sy yd lerē, vn sadelde syn pert vn reit na Rosenda
le gen Peynen zo/ vnd wold durch inryden na Zell. Da stoin
den die nackende banckresen vā der burch/ vn fraegtē vlensp.
wa her he queem? Ulensp. sacht/ ich komē van Kaldingē. he
sach wail dat sy niet vilen hatti. Sy sprachen/ hoer hieher/
wan kümstu vā Kaldingē/ wat entbeüt vns d' wynter? Ule-
spegel sacht/ d' wil vch niet entbiedē/ he wil vch selfs an sprechē
Ulenspiegel reit hyn vn ließ die nackende bi: uen stain.

  Wye Ulenspegel alle krancken in eym Spedail
   vp eynen dach/ aen artzedie gesunt macht.

ES ein zyt quam vlensp. zo Nürenberch vn slug groi-
sse brieff an die kyrck docten/ vn raitzhurs/ vn gaff sych
vur einē gudē artztoß zo aller krackheit. vn da warē vil krē
          C

ker mȳnschen im nū wen Spedail. Ja dat ho werdich hilge
Speer Christi mit andn mircklichen stücken restet. Der krā
ker menschen wer der spedails meister gern ein deil quijt gBe
west. vñ het in gesuntheit wail gegont. So gieng he tzo vlē
spegel dem artzt, fraegd jn/na dem als he vpgeslagen Betioff
he den krancken also helffen künd? Vlenspe. seyde ya. wan he
jm.cc.gülden geue. Der spedails meister sacht jm dat tzo soe
wijt he den krancken hülff. Als v willigde sich vlensp. wa he
die krancken niet geraed mecht, dat sy giengē louffen, so sülde
he jm niet einē péninck geuen. dat gefiel dem spedails meister
wail, vñ gaff jm. vy.güldē daruff. Also gieng vlensp. ynt spe
dail mit zwen knechtē, vñ fraegd die krancken ein yetliche wz
jm gebrech. vñ tzom lesten wā he vā eym kranken ging, so he
sall he jm vñ sacht, wat ich dir sage werde, dat saltu niemāt
sagen. dat sachtē die krankē dan vlenspiegel zū. daruff sachte
he dan eim yetlichē besondr, sal ich nu vch kranken tzo gesunt
heit helffen vñ vp die füeß brengē, dat is mir vnmöglich, ich
en verbroe dan vier einē tzo puluer, vñ geue dat den andn in
tzo drincken. dat muß ich doin. Darum welcher dr krankst vn
der vch allen is vñ niet gain kanden wil ich tzbroen tzo pul-
uer, vp dat ich den andn helffen mog. so werde ich dē spedail
meister nemē, vñ in die doer des spedails stay, vñ roiffen mit
luder stymē, welcher da niet krank is, dr küm heruß, dat vslaiff
du niet. dan dr lest muß dat gelaich betzale. also seyde he tzo yet
lichem alletyt. Solcher sachen nam yetlicher acht vñ bereit sich
mit krucken vñ lamen beynē, niet dr lest tzo syn. Da nu vlen-
spe. na dem bescheyd begunt tzo roiffen. da lieffen sy al hin wech
dat dat spedail ledich wart. Do Begerd vlensp. sins loins. dat
gaff he jm dat gelt mit groissem dack. da reit he eweck. Auer
in dryn dagen quamē die kranken al wed vñ beclagdē sich erer
krankheit. So fraegde der spedails meister wie geit dat tzo
ich zayn doch den groissen meister tzo vch bracht der vch halff
dat yr all jdiss eweck giengir. So seyde sy, wie he jn gedrewet

hait/welcher d' left wer zo der doeten wyß/so he die bestympte zyt rieffe/den wold he vßzoen zo puluer. So merckde der spedail maister dat he bedrogē was. auer vlensp. was eweck. so bleue die krancken wed' ym spedail/vn dat gelt was bloit.

Wie Vlenspegel zo Brunßwyck sich bdingd zo eym Broitbecker/vn ülen vn merkatzē boick.

Vlenspegd quam zo Brunßwick by der Becker gaffell/ da wo in de ein Becker/der sprach zo jm/wat bistu 'vur ey gesell? He sacht ich bin ein becker knecht. der Becker sucht Ich hain euen geinē knecht/wiltu mir dienen? Vlenspe.sacht ya. Als he nu zween dage by jm gewest hat/do hieß jn der Becker backen vp den auent/dan he künd jm niet helffen bis des morges. Vlenspe. sacht ya/wat sal ich backen. Der Becker was ey boirdich man/ vnd sacht in spot/bistu ein beckerknecht vn frages wattu backen sülst/wat bleet men zo backen eulen vn merkatzen/vn gieng damit slaiffen. Daer macht vlenspegel den deich zo ydelichen eulen vnd merkatze/vn büch die. Der meister stünd des morges vp vn wold jm helffen. Da fant he wed' weck noch semelen/mer ydel eulen vnd merkatze. So wart d' meister zornich vnd sacht/Wie die jairtyd/wat haistu dae gebacken? Vlensp. sacht/dat ir mich geheissen hait. Der Becker sacht/wat sal ich nu mit der narrayen doin/sölch broit is mir niet nütz. vn greiff yn by dem halß vn sprach/betzail myr mynē deich. Vlenspe. sacht ya/wan ich vch den deich betzalē sal dan die war myn syn/die da van gebacken is. Der meyster sacht/wat fragen ich nae sölcher waer. also betzailde he jm synen deych/vnd nam die gebacken eulen vnd merkatzenn in einen korff vnd droich sy vß dem huß in die herbergh zo dem wilden mann. vnnd gedacht in jm selffs/du hays vyck mayl gehöit/men künn nüist seltzama dings zo Brunß wijck brengen/men löse gelt dairvß. vnnd wasvm die zyt dat anz

C ij

anderen dage sent Nidais auent. Do gieng vlensp. für die kir
che stain mit syner koufmenschaft vn vkouft die eulen vnde
merkatzen all/vnd loist me geltz dairvß dan he dem becker ge
geuen hat vur den deich. Des wart d becker gewar/den ver
droiß dat. vnd lief vur sent Nidais kyrch/vn wol synen kostē
betzalt hain zobachen. da was vlenspegel hinwech mit dem
geld. vn hat der becker dat na syen vur syn gelt.

Wie Olenspiegel in dem maende schyn
dat meel in den hoff büdelde.

Vlenspegel quam darna gen Olsen in dat dorff. da was
he auer ein becker knecht/vn quā by einē meister. Do rich
te d meister zo dz he wold backen. vn sold vlensp. büddelen yn
der nacht/dat he vp den morgē frue reyd wer. Olensp. sprach
meister gifft mir ein liecht dat ich gesehe tzo büdelē. Der bec-
ker sprach/ich geue dir gein liecht/ich hain myne knecht zo der
ser tzyt nie gein liecht gegeuē/sy moystē ym maende schyn bü
delen/also müstu ouch do in. Olensp. sprach/haint sy dan also
hin gebüdelt/so wil ichs ouch do in. Der meister gieng slaffē
do nam vlensp. den büdel vn reckt jn zo dem fynster vß/ vnd
büdelde dat meel in de hoff/da der maent her scheyn/als dem
schyn na. Als nu d becker vp stoind/vn wold backen. Da bü
delde vlensp. noch dat meel in den hoff. Do sach d becker dat d
hoff wyß was van meel. Do sprach d meister/wat den diuel
machstu hie/hait dat meel niet me gekost/dā du yt in dē dreck
büdels. Olensp. sacht/hait yt mich o niet geheissen in dē mait
schyn büddē son d liecht/also hain ich gedain. Der becker sa
cht/ich hieß dich büdelen by dem maentschyn. Olensp. sacht
wailan meister sue tzo frydde yd is geschiet by/ vnde in dem
maendeschyn/da is niet vil blore dan ein hant vol. ich wil id
wed vp rappen/yd schaet dem meel nit ein myte. Der becker
sacht/die weil du dat meel vpraffe/die weil macht men denn
deich niet so wirt id dan zo lanz zo backt. Olensp. sacht. mey
ster ich weiß gude rait. wir wullen so bald backen als vns nae

ßer. ſyn deich ligt in d’ mulden. wild yrt hain/ich wil jn balde
holē/vn̄ vns meel an die ſtat dragen. Der meiſter zornte ſa/
gende/du wilt den dutel holen. ganck an galgē vn̄ hoil dieff.
Ja ſprach he/ vn̄ gieng an galgen. Da lach ein rump vā eyme
dieff was ned’ gefallen/ den droich he heim/ vn̄ ſacht/ wartzo
wild yt dat hain. Der becker ſacht/ brengſtu and’s niet. Vlē
ſpezel ſacht/ yd was niet me da. Der becker ſprach vß zorn:
Du hais miner heren gericht beſtolē vn̄ jn cren galgē beroũ
niet/ dat wil ich dem burgmeiſter ſagen. Vn̄ der becker gieng
vp den mart/ vn̄ Vlenſp. ging jm na. vn̄ dem becker was ſoe
noit dat he niet omſach/ ond wiſt niet dat vlenſp. jm volgte
Da ſtoind der Burgmeiſter am marte/ da gieng d’ becker zo
vnd heiff jm an zo dagen. vn̄ vlenſp. macht ſich bald dar by
vnd ſperd ſyn beid ougen wijt vp. So d’ Becker Vlenſp. ſach
wart he ſo zornich/ dat jn bgaß wat he clagen wold. vn̄ ſa’
chte zo vlenſp. boslich/ Wat wiltu? Vlenſpe. ſacht/ Jch wil
and’s niet hain dan it ſachtē/ich ſuld ſien dat yr mich wolden
beclagen vur dem burgmeiſter. ſo doin ich min ougen wijt
vp dat ich yd ſyen mog. Der becker ſacht zo jm/ ganck vyß
minen ougen/ du biß ein ſchalck. Vlenſpe. ſacht/ alſo werden
ich dick gehaſſen. vnd ſeeß ich och in den ougen/ ſo muſt ich
och vß den naeßlocheren kriechen/ wan yr die ougen zo dede
Da gieng der Burgermeiſter van jn/ vnd hoirt wail dat yde
geckheit was/ vnd ließ ſy ſtoin. Da vlenſp. dat ſach/ dae lieff
he hind ſich vn̄ ſprach/ meiſter wanne willen wir backen/ dye
ſon ſchynt niet me. vn̄ lieff eweck vnd lies den becker ſtain.

Wie Vlenſpegel ſich bdingde zo dem Greuen vā An-
halt vur einen turwechter. vnnd wāne viande dar
quamen ſo bließ he ſy niet an. vnd ſo gein viant
da was/ ſo bließ he ſy an.

VEenſpezel quam zo dem Greuen van Anhalt/ zo dem
bdingt he ſich vur einē thurbleſer. vnd d’ greeff hat vil
viande, alſo dat he in dem ſtegen vnd ſloß die zijt vil ritter

C iij

vnd hoff völcks by einan
deren hat/die men all da
gespysen muſt. Also wart
vlenſpegels vp dem turn
dick vgeſſen/dat jm geyn
ſpyß geſant wart. vñ den
ſeluen dag quam yd dar
zo/dat des Greuen vian
de für dat ſteetgen vnnd
ſloß ranten/vnde namen
die küe dair vür vñ dreue
ſy al eweck. vnd Vlenſpe
gel lach vp dem thurn/vñ
ſach durch die fynſter vñ
macht gein geſchrey wed
mit blaſen ader mit ſchry
en. So quam dat gemſtrmel vür den greuen/dat he mit den
ſynē jn na yagt/vñ ſagē vff den turz etlich/dat vlenſpe. im fin
ſter lach vñ lacht. Da rieff jm der greeff zo, Wie lygſtu alſo
im finſter/vnd biß ſo ſtyll. Vlenſpe. rieff wed heraff/vür eſ
ſens roiffen ich niet gern. Der greeff rieff jm zo/ wiltu die vy
ande niet anblaſen? Vlenſpe. rieff wed/ Ich darff gein vyant
blaſen/dat felt is doch vol/vnd ſint mit ein deil küeen ewech.
bließ ich dan me vyand/ſo ſlögen ſy vch zo doid. Der greeff
ſacht/ wailan yd is gut/vñ ylt den viandē nae/vñ ſlogen ſich
mit einanden. vñ vléſpegels wart wed vgeſſen ſyner ſpyß hal
ten. Der greeff was ein weil zo frydden/vñ hoild ouch do ein
houff vetter ſew vp ſyn viand/vñ ſlogē do zo herd mit ſyten
ſpecks vñ briedē. Vlenſpe. gedacht vff dem turn/wie he ouch
wat krieg van d h: uit/vñ nam war wan id eſſes zyt wer. da
houff he an zo blaſen vñ roiffen/viandeyow viandeyow. d
greeff lieff ylens vam diſch da die koſt vp ſtoind/mit ſinē kne
chten vñ dedi harneſch an vñ namē geweer in die hend/vnde

ylcen na den viandē ynt felt/sagē na den vyandē/do was gey
net da. Die weil lieff vlenspegel bald heraff an den disch/nam
da van gesodes vñ gebrades wat jm gefiel/vñ gieng wed̄ vp
den turn. Da die riter vnd fußknecht weder quamen/vnnd
viande im feld sagen/do sachtē sy/der koirwechter hait dat
vā schalckheit gedain. vñ zogen wed̄ heim zo dem turn. vñ d̄
greeff rieff vlenspe. zo/Bistu vnsuuich vñ dol wordē? Vlenspe.
sacht/aen alle argelist. Der greeff sacht/ Warum riefstu vi
andeyow so geiner da was? Vlensp. sacht/do gein viand wa
re/do must ich etlige viand dasher blasen. Der greef sacht/du
krausß dich mit schalckonegelt. so viand hier syn/so bliestu sy
niet an. vñ so gein viand hier syn/so bliestu sy an/d; wail vre
derye nāch̄t syn/vñ sazt jn aff/vñ dingt einē andn kūrwech
ter. vñ vlensp. must zo fuß mit jn vsßlouffen für eine fußknē
cht. des vdroiß jn seer/vñ wer gern vā dannē gewest/doch kō
de he niet mit gelymp van danne komē. Wann sy vsßogē ge
gen die viand so hinde he sich / vñ was alwege d̄ lest. vnde
wan sy vsßgericht hattē vñ wed̄ heim kierdē/was he alzyt der
yrst zer porten in. So sacht d̄ greeff zo im/wie he dat vstayn
suld/dat he alweeg im vsßoig d̄ lest wer. vñ so mē heim züeg
d̄ yrst wer? Vlenspe. sacht/ Ir sult darum niet zürren/dan so
yr vñ vr hoffgesynd wail brasten/so saß ich vff dem turn vnd
faste/dauan bin ich aenmechtich wordē. sal ich dā nu d̄ yrste
an die vyand syn/so muß ich dat yrst am disch verholē/dz ich
d̄ yrst dairan vnd d̄ lest dauan sy/bis ich wed̄ starck werdē/so
wil ich wail der yrst vñ lest syn an den vianden. So hocren
ich wail sprach der greeff/dattu dat so lang wuldes erhaelen
die zyt lanck als du vp dem turn bis gewest. So sacht vlen-
spegel/ War ein yederman recht zo hait/dat nympt men jm
gern. Der greeff sacht/du salt niet langer mit dienen/vñ gaf
jm vrloff. des was vlenspegel froe/want he was niet gern lāg
an eyn end.

Wie vlenspegel synem perd gülden
ysen vp ließ slagen.

Eyn sölcher kouffman was vlenspegl/dat syn fründichē für manchen heren quam.dat men wail wyst van jm zo sagen.dat mochten die försten wail lyden/vñ gauen jm kleyder/perd/gelt vnd kost. Also quam he zom köningh van Dennmarck.ō dat jn dat he wat euentüren mōchte/he wōlde jm syn pert laissen beschlagen vam besten hüffschlag. Ulenspe.fraegt den küninck off he sinen worden glauuē süld?Der Köninck sacht ja.Ulensp.reit mit sym perd zom goltsmied/ vñ lies syn pert mit güldē hüffysen vñ syluerē negelen beslagē vñ gieng do zom köning vñ hieß jm den hoiffslach bezalen Der köninck sacht zo dem schryuer dat heym den hoiffslach bezaelde/so meint ō schryuer dat yd ein slecht hoiffsmyt wer. vñ Ulensp.bracht jn zom goltsmyd.ō wold hain.c.deensche marck. Der schryuer wold des niet bezalen/gieng vnde sagt dat dem köning. Der köninck ließ vlenspegel holē vnd sacht zo jm/vlenspe.wat düren hoiffslags machstu?wan ich alle myn perd süld also beslagen laissen so müst ich bald lant vñ lüid verkeuffen.dat was myn meinūg niet dat pert mit gold zo beslagen. Ulensp.sacht/Gnediger köninck yr sachten dat süld ōer beste hüfflach syn. Der köninck sacht/du bis mỹ liefster hoffgesynd/du deis wat ich dich heisschen. vñ wart lachē vñ bezaelde die.c.marck. So ließ vlensp.die gülden ysen aff brechen/vñ ließ syn pert mit ysen beschlagen. vñ bleiff by dem köning bis an syn end.

Wie Ulenspe.des königs vā Polen schalck
narren mit grouer schalckheit ouerwan.

Jn den zyden des hogeborē fürsten Casimyri könyck zo Polen by dem wz ein euentürer/ō was gātz seltza mer swenck vñ geuchelerye/vñ kondvp ō fedelē wail Also quā vlensp.ouch in Polen zo dem köning.vñ ō könyck

hat duch vā Vlenspe-
gōzt sagt. vn̄ was jm ein
lieuer gast/ vn̄ het jn vnd
syn euēttūr lang gern ge-
syen vn̄ gehōzt. oūch hatt
he sinen spilman gātz lief
Also quā vlenspe. vn̄ syn
narr tzo samen. Da waß
ydt (als men seyt) zween
geck in eim huiß/ doint sel
den gūdt. Des kōnincks
schalck narr wold vlenspe
gel niet lyden/ vn̄ wold sich
oūch niet vnderwysen laiss-
sen. Dat merckte der kō-
ninck/ vn̄ ließ sy beid holē
in synē sal. Nū wailan sacht he/ welcher die euētūrlichste nar
rery deit/ dat jm d' and' niet nadeit/ den wil ich new kleydenn/
vn̄ wil jm. xx. guldē darzo geuē. vn̄ dz sal yetzent geschien. Al
so die zween schickten sich zo d' narteryen vn̄ dreuen vil affen-
spyls/ mit krumen mūleren vn̄ seltzamē reden. vn̄ wat einer
fūr dem anderen erdācken kond. vn̄ wat des kōnincks nar ded
dat ded jm vlenspe. al na. vn̄ wat vlenspe. ded/ ded jm d' selue
narr oūch na. Der kōninck lacht vn̄ al syn ritterschafft/ wat
sy sagen māch'erley euentūr. Vlensp. gedacht oūch. xx. gul-
den vn̄ ein new deit weren gūt/ ich wil darū doin dat ich sust
ongern ded. vn̄ sach wail wat des kōnincks meinūg was/ dz
yd jm gelich gilld welcher vnd jn den prÿß gewūn. Also gieng
vlensp. mittē in den sal/ hūff sich hindē vp vn̄ scheiß einē gross-
en dreck mittē in den sal/ vn̄ nam einē leffel vn̄ deilt den dreck
recht middē entzwey/ vn̄ rieff dem anderē sa gēde/ nar kum her
do mir doese leckerye oūch na/ als ich dir vur wil doin. vn̄ nā
den leffel vn̄ faste den haluē dreck darin/ vn̄ aß den vff. vnnd

Bode den leffen dem schalcknarrē/vñ sacht/Nym hyn/yß du:
dat anð deil. darna mach du ouch einen houff vnnd deil den
ouch van einanð/so wil ich dir ouch na essen. Do sacht des
Könincks nar/nein niet also/dat doe dir ð deuuel na. süld ych
al myn leeff dach nackent gain/ich enessen van dir noch van
mir also. Also gewan vlenspyegel die meisterschafft van der
Boucryen. vnd der köninck gaff jm dat new cleit vñ.xx.gul-
den. vnd Vlenspe. reit ewech vñ bracht dat loff vam könyng
dait van.

 Wie vlespegel dat hertzogdom tzo Lünen-
burch verboden was. vñ he in syn pert stound.

IM land van Lünenburch tzo Zel/dā bed vlenspie. ein
twentürliche boucrye/also dat jm ð hertzoch van Lünē
burch dat lant vboid. vñ wa he jn im land fünd/süld men jn
hencken. Also mydet Vlenspe. dat lant doch niet. wan jn der
wech daher droig/so reit ader ginck he niet deste minder durch
dat lant. Jo begaff sich vp ein tzyt/dat he wold ryden durch
Lunenburch/da bequam jnt der hertzoch. da he sach dat yd
ð hertzoch was/da gedacht he. is yd nu der hertzoch/vñ flü-
gestu nu/so eylen sy dich mit eren gülen/vnd stechen dich vn-
der din pert. so kümpt dan der hertzoch mit tzou/vñ henckt
mich an einē boum. Also bedacht he sich eins kurtzē raitz/vñ
steich van sym perd/vñ schneit jm bald den buich vp/vñ warf
dat ingeweid herus/vnd stund in den tüp. Do nu ð hertzoch
mit sinē rüiteren ryden quā an die stat. da vlensp. in sins pertz
buich stund/da sprachen die diener/Syct her/wie steit Vlen
spe. in eins pertz bnit. Da reit ð fürst tzo jm vnd sprach. bistu
da? wat deistu in dem aiß hie? weistu niet dat ich dir my lant
vboden hain? vñ wan ich dich dairin fünd/wold ich dich an
einē boum hencken laissen. He sacht/Gnediger her vñ fürst/
ich hoffen ir willen mich des lijffs begnadē/ich hain doch nit
so duel gedain/dat du henckes wert sy. Der hertzoch sacht tzo

jm/ Kam her zo mir vnd sag mir doch dyn onscholt/ vn wz
meinstu doch damit/dattu also in der pertz huit steist. vlensp/
quam her für vn antwort/ Genediger vn hogeborener fürst
ich besorgen mich vrer vngnaden/ vn fruchti mich gantz seer
so hain ich al myn leeff dag gehört/dat ein yetlicher in synen
tüj. pelen fry sal syn. So watt d´ hertzoch lachen vnd sachte/
wiltu ouch nu me vß mym land blyuen? Vlenspe. sacht/ Ge-
nediger her wie vre fürstlich genaed wil. der hertzoch reit van
jm vnd sacht/ blijff als du bis. vnd vlenspe. spranck bald vyß
dem perd/ vn sacht zo dem doden perd/ danck haue myn lie-
uer pert/ du hais mir myn leuen bewart. vnd mir darzo wed´
einen gnedigen heren gemacht/ by dem ich was seer dacht. lych
nu hie/ id is besser dat dich die rauen fressen/ dan dat sy mich
hetten gessen. vnd lieff also zo fuß dairuan.

Wye Vlenspegel dem Lantgreue vā Hessen malet vn jn wyß macht/ wer oneliche wer/ kintz niet syen.

Eventürliche ding bedreiff Vlensp. yn land zo Hessen
do he dat lant zo Sassen fast vmb vnd vmb gewan-
delt hat vnd seer bekant was/ dat he sich mit siner bouereyen
langer niet wail me vßbzengi kond. da macht he sich in dat
lant zo Hessen/ vn quam gen Marckburg an des Lantgre-
uen hoff/ vnd der her fraegde jn/ wat he kunde. He antwort
vnd sachte, Genediger here vnnd fürst/ ich byn ein künstner.
Des erfreuwede sich der Lantgreue, dan he meinte he were
ein alchemyst vnd künd mit der alchemyen vmgaen. dan der
Lantgreue hat groissen arbeit mit der alchemyen. also fraeg
de he jn off he eyn alchemyst were. Vlenspegel sacht, Genedi-
ger her nein. ich byn ein maler/ des gelychen in vil landen niet
vonden wirt. dan mein arbeit duertrifft ander arbeyt weyt.
Der Lantgreeff sacht, lais vns etwis syen. vlenspegel sacht
Genediger her ya. vnd hat etliche dõcher vnd kunst stück/ dye

ße in Flaindrē geholdē hait die zouch he fur vn̄ sym sack vn̄
wysede sy dem graue. die gefielen dem heren so wail/ vn̄ sach
te zo im/ lieuer meister wat wilt yr nemē vm vnsen sal zo ma-
len/ van dem herkomē d’ lantgreuen vā Hessen/ vn̄ wie die ge
heliget hauē mit dem Künnig vā Vngerē vn̄ andrē fürsten
vn̄ herē. vn̄ wie lang dat gestandē hait/ vn̄ dat zom kostlich’
sten machen? Vlensp. antwort/ Gnediger her als vr genade
dat für gifft/ wirt wail cccc. guldē kosten. Der lantgreff sach
te/ meister machen dat nur goit/ wir willen vch wail bezalen.
Vlensp. nam dat an. mer d’ lantgreff moist jm honderst guldē
daruff geuē/ damit he die farue guld vn̄ knecht bestelte. Als
vlensp. die arbeit mit dryn gesellē anfangē wold/ so dinget he
dem lantgreuē an/ dat nemāt sülde in den sal gain die weil he
arbeite/ dan allein syn gesellen/ dat he niet gehindert würd. dat
bewilligde d’ lantgreff. Also wart vlensp. mit synē gesellē eins
vn̄ ouerlacht mit jn/ dat sy still swegē vn̄ lieffen jn macht/ sy
dorffte niet arbeydē/ süldē doch eren loin hauē. yr meiste arbeit
süld syn im breed spele. Dat namen sy an/ mit müesslich gayn
loin zo vdienen. Dat werde en iiij. wochē/ dat den lantgreuē
blangde/ wat d’ meister mit synē gesellē male mocht/ off id so
güt würd als die prois. vn̄ sprach zo vlenspe. Ach lieuer mei-
ster vns blangt seer zo sien vr arbeit/ wir begerē mit vch zo gay,
in den sal dat gemels zo besien. Vlensp. sacht/ ya gnediger he
re. auer eyn dinck sage ich vch/ wer mit vren gnaden geit/ vnd
dat gemelz besüit/ wer dan niet eelich geborē is/ d’ mach myn
gemelz niet seen. Der lantgreff sacht/ Meister dat weer wun-
derlich. Do ginge sy in den sal/ da hat vlensp. ein lanck lynen
dotch an die wend gespannē da he male sold/ dat zoig he ewe
nich hindersich. vn̄ weiß mit eim wyssen stecken an die want/
vn̄ sacht/ Syet gnediger her/ deser man is d’ yrste lantgreff
van Hessen/ vn̄ ein Columneser van Roim gewest. vn̄ hat
zo einer fürstyn vn̄ frawē des milde Justinianus dochter ey
hertzochin vā Beyeren/ d’ darna Keyser wart. Syet gnedi

ger her/van dem wart geboren Adolffus/Adolffus geberde
Wilhelm den swartzen/Wilhelm geberde Ludwigen den
frumen. vn also fortan bis vp vre fürstliche gnaed. So weis
ich vur wair dat niemantz myn arbeit straiffen kan/soe künst
lich vñ ouch vā schonen faruen. Der lantgreff sach ands nit
dan de wijsse want/vñ gedacht in jm selfs/sold ich dan ey ho
renkint syn/so syen ich doch ands niet dan eyn wijsse want.
Doch sacht he vm glymps willen/Liever meister vns ghe
nliegt wail/doch haint wir niet gnug bstantz zo erkenne. vnd
gieng vß dem seel. Da d' lantgreff nu zo d' fürstinne quā/fra
gede sy jn/Lieuer her wat malet doch vr fryer maler/yr hait id
besyen/wie gefelt vch syn arbeit/ich hain cleinē gelouui darzo
he sliit wie ein schalck. Der fürst sacht/lieue fraw mir gefelt
syn arbeit wail/ vñ deit noch recht. Gnediger her sacht sy/mūs
sei witt ouch niet besyn. He sacht ya/mit des meysters willen
Sy begerd van vlenspe. dat sy id ouch mochte besyen dat ge
meelz. Vlensp. sacht ouch zo yr/Wer niet eelich is/d' kan my
arbeit niet syen. Da gieng sy mit acht jonfferē vñ einer dō:in
nē in den sal. do zoig vlensp. dat do ich auer hind sich/ vñ vzal
te d' greuinnē ouch dat herkomē d' lantgreuinnē/ye ein stucke
na dem and'n. auer die fürsty n vñ jonfferē swegen all stil/nye
mant loiffde noch schalt dat gemeelz. sy sorgden sy weren on
eelich vā vad off mod. zom lestē houe die geckyn an vñ sach
te/Liefster meister nu syen ich niet vā gemeelz/vñ süld ich al
my dag ein huren kint syn. Vlensp. gedacht/dat wil niet gut
werdē/willen die gecke die wairheit sagen so mūs ich wande
len. zoig dat in een gelechter. Jn dem gieng die fürstyn weder
zo eren heren. He fraegd sy ouch wie yr dat gemeltz gefiele?
sy sacht/Gnediger her/yd gefelt mir so wail als vren gnaden
an ar vnser dōrinne behagt yd niet. sy spricht sy sehe gein gemel
ze/des glichen vnsen jonfferen/ich besorg yd sy bedroch dair
in. Dat giug dem fürsten zo hertzē. vñ off he bedroge were/
lieg doch vlenspe. sage/dat he sich rust/dat gantze hoffgesynd

mileſt ſyn árbeiů beſyeů. vnnd der fürſt meint zo beſyen wel-
cher eelich ader vneelich vnd ſyner ritterſchafft wer/der vnee-
liger lene weren jm dan bfallen. Da gieng vlenſp. zo ſynen
geſellen vnd gaff jn vrloff vñ forderde noch hondt gülde van
dem rentmeiſter/ welche he kreich/vnd zouch damit dair van
Des anōn dags fraegd der greue na ſym maler/doe was he
eweck. So gieng der fürſt in den ſal mit al ſym hoffgeſynd
zo vernemē off yemant et wis gemelt da ſyen kůnd. auer nye-
mant kond et was geſyen. Vñ da ſy al ſwegē/do ſacht ō lant-
greeff. Nu ſyen wir wail dat wir bedrogen ſynt. vñ mit vlen-
ſpe.hain ich mich nie beküm̄meren willen. nochtant is he zo
vns komen. Doch die z wey hondt gulden willen wir wail b-
dragen/ſo he dánocht ein ſchalck můſz blyuen. vnd můſz vn-
ſer fürſtendom myden. Alſo was vlenſpe. van Marckburch
eweck komen. vnd wold niet me malen.

  Wie Vlenſpie. zo Braich in Bemen vp der hoger
ſchůl.mit den ſtudentē diſputiert d/vñ wail beſtoind.

Alſo zouch Ule-
ſpegel in Bemē
gen Braich do he van
Marburch zoig. zo
der zyt woindē da ſelfſt
noch güde chriſtē/ als
Wykleff vſz Engellā-
de die ketzerye in Be-
men bracht/ vñ durch
Johā Huſſen vbreyt
wart. vñ Vlenſp. gaf
ſich dair vſz für einen
groiſſen meiſter/zo be-
richtē groiſſe fragen/
die ſuſt ander meiſter
niet vſzlegē as dar vp

Beſcheit gevē kondt. Sye ließ he yrī zedele ſchryuē/vn̄ ſlūg an
die kyrchdören vn̄ an die Collegiū. Dat bdroiß dem Rectoir
die Doctores vn̄ magiſtri wart duel dairan. vn̄ gingen zoſa
men rait zo fragen/ wie ſy Vlenſpe. mōchtē queſtiones vpge
uen/die he niet ſoluieren kūnd. ſo he dan duel beſtoend/ ſo mō
chten ſy mit glymp an jn komen. in zo bſmaden. Dat wart
vnd jn alſo bwillicht vn̄ zogelaiſſen: vnd ordenierten/ dat d
rectoir die fraeg doin ſold. vnd lieſſen vlenſpegel da gebieden
durch ere Bedellen/dat he des andn dags erſchene zo antwor
den vur d gantzer vniuerſitetē vp die fragē ſo he jm in ſchryff
te gezeuē hat. off he alſo probiert vn̄ ſyn kunſt recht gefundē
wurd. ſuſt ſuld he niet zo gelaiſſen werdē. Dem Vlenſpegel
alſo antworde/ ſag dine herē ich wil alſo doin. vn̄ hoffe noch
wail zo beſtain/ wie ich vur langs gedoin hain. Ses anderē
dags bſamelte ſich doctor vn̄ gelerdē. vn̄ vlenſp. quā/ bracht
mit jm ſynē wirt/ vn̄ etlich and burger vn̄ gud geſellen/ vmb
zuerfallens willen/ die jm vā den ſtudētē het mōgē geſchyen.
Da he nu in ere bſamlung quā hieſſen ſy jn vff den ſtul ſty
gen vn̄ antwort geuē vp die fragē/ die jm vur gelacht würde.
Vn̄ die ryſte fraeg die d Rectoir an jn ded/dat he ſagē vn̄ mit
wairheit bewyſen ſuld/ wie manche aem waſſers im mer we
re/ wa he die fraeg niet berichtē kūnd/ wōldē ſy jn für einen vn
gelerdē anfechter der konſt bdo men vn̄ ſtraiffen. Off die fra
ge antwort he behend. Werdiger Rector/ heiſt die and waſſe
re al ſtylſtain/ die an allen ende in dat meer louffen/ ſo wil ich
vch mit meſſen bewyſen vn̄ die wairheit ſagē dauā/ yd is bel
griflich zo doy. Dem rectoir was vnmōglich die waſſer zo
ſtillen/ vn̄ entließ jn des meſſes/ vn̄ ſtoind da bſchympt/ vnd
ded ſin and fraeg/ Sag mir/ wie vil dag ſint bgangē van A
dās zyd bis vp deſen dach? He antwort. ner. vij. dag. ſo die
vmb gegayt/ ſo heue and. vij. an/ drueit zō end d werlt. Der
rector fraegde zō derde/ Wie ad wairan helt ſich dat middel y
d werlt? Vlenſpe. ſacht/ Dat is alhye/ dat ſtet recht mitten yn

der werlt/vñ dat yd walr fy/so laist yd messen mit einer snöer vñ wa id feelt vm eine strochalm/so wil ich vnrecht hay̆. Der rector ee heit wold messen/ee blies he vlenspegeln der fraege. So ded he die vierde fraeg an vlenspegdn in torn sagende/ Sag an wie ferr ist van d' erdē bis an hemel. vlenspeg. sacht yd geit na hie by. wan men redt off rüeffet im hemel/dat kan men hie wail hören. stygt yr hinvff/so wil ich hie neden sanfft roiffen/dat süld yr im hemel hört. Hört yr dat niet/so wil ich a uer vnrecht hain. Der rector lies dauā vñ fraegd die.v. fra ge. wie wijt d' hemel wer. vlensp. antwort bald. He is dusent glateren breit. vnd dusent ellenbogē hoge. dat mach mir niet felen. gleusst yrs niet/so nympt son vnd maent vnd al gestern vam hemel/mest ydt recht ouer/so finde yr dat ich recht hain/ wie wail yrs niet gleuue. Wat solde sy sagē/ vlensp. was in 30 behend. müsten jm recht geuē. vnd he beit niet lang/als he die gelerdē óuerwonnē hat mit schalckheit/hat he sorge/sy geuē jm etwas zo drincken/dardurch he in schand quem. darum zoig he den langē rock vs/ vnd zoig geen Erffort.

Wye Vlenspyegel zo Erffort einē esel lesen ler de/in eym alden psalter

Vlenspegel besorgde sich d' schalckheit die he zo Praech gedoin hatt sy wurdē jm na ylen/vnd zoig ylens na Erffordt. da ouch ey berömpte vni uersiteit is. do he dar quā sloig he syn brieff vp. vnd die studentē hattē vil ge hört van synē lystē. vnd raitslachtē wie sy jm vur geuen möchten/dat yd in her gieng wie den van Braich mit jm gangen was/die mit schanden bestonde. Nu wurde sy zo raid dat sy vlenspe. einē Esel zo leren doin woldē/dan yd synt vil esel zo Erffort. vñ Besanten vlenspe. vñ sachten jm/Meyster/yr hait künstliche Brieff an geslagen/dat yr ein yetlich creatuir in kurtzer zyt wilt leren schryue vñ lesen. so sint der vniuersitet regentē hie vnnd willen euch einē jongē esel zo leren doin. truit yr jn ouch zo leren. He sprach ja.auer he müest tzyt darzo hayf/so yd ein vnuernüfftige creatuir wer. Des wurdē sy mit jm zo frede Bynnen.v. jaren. Vlenspe.gedacht/vnser sint dry/stirfft d' rectoir/ so Bin ich fry. steruen ich/wer wil mich dan manē. stirft myn dischpel/so Bin ich auer ledich. vñ nam id an. vñ sy solden jm geuen zwey hondt gülden. vnd gauen jm füfftzich gülden vp die sache zo dem yrstē/vñ he zouch zom Thoirn in de herberg da was ein euentüirlicher wirt. vñ Bestalt einē stal vur sinen scholer allein. vñ Bestalt einē alden psalter/lacht jm den in die kryb/vñ lacht tüsschen ytlich Blat hauer. des wart der esel gewar/vñ warff die Bled mit dem mul vmher vmb d' haueren willen. wan he dan gein hauer me vant/so rieff he/J.a.J.a. Da vlenspe. dat merkt vam esel/gieng he zo dem Rector vñ sacht/her rector/wane wilt yr eins besyen/wat myn scholer mache? Der rector sprach/Liuer meister/wil he sich ouch ter leren annemē. Vlensp. sacht/he is ser groff vā ard. vñ is mir seer sweer jn zo lerē. doch hain ich groissen flyß vñ arbeit dar zo gedoin/dat he etliche Buchsteff kent vñ nomē kan. wildt yr so gait mit mir/yr stilt dat horen vñ syen. Also hat d' esel zwen dag gefast. Als vlensp. nu mit dem rector vñ anderē meisteren quam lacht he sym scholer ein new Boich vur. so Bald he dat in d' krybbē fant/warff he Bald die Bled hin vñ her. die hauer zo süechen. als he nüist fant/Begut he luid zo roiffen/J.a.J.a. So sacht vlensp. Syet liue her/die tzwen Buch steeff J. vñ A. kan he yetz/ich hoffen he sül noch güt werde. Also starff der rector Bald/do bließ he sinē esel vñ zouch mit dem vpgenomē

geld eweck. vñ sacht/sulд he al die esel zo Erffort wijß machē/ würd jm zo swer/vñ ligt da by blyuen.
        ¶Wie vlenspiegel zo Sangerhusen/im land zo
             Döringen den frawen die pelз wüsch.
ELenspegel quam ynt lant zo Döringen gen Newstedt
 int dorff/da bat he vm ein herberg. die wyttyn fraegde
jn wat he vur ein gesell wer. Vlensp.sacht. ich by niet ein hāt
werckз gesell/ſond ich plegē wair zo sagen. die wyrtyn sacht/
die herbergē ich gern/vñ bin den günstich/die dye wairheit sa=
gen. Vñ als vlenspe. vm sich sach súit he dat die wyrtē schel
was/vñ sacht/schele vraw/schele vraw/wat sal ich syzē/wat
legen ich minē staff vñ sack byn? Die wittyñ sacht/ Ach dart
dir nümmer gūt geschee/al myn leeffdage hait mir niemant
b wissen dat ich scheel by. Vlensp. sacht/ Lene wyrtyn sal ich
alzyt die wairheit sagen/so kan ich des nit bswygen. Die wīr
tyn was des zo freden vñ lacht damit. Vlenspegel bleiff dye
nacht da/vñ quā mit der frauwē zo redē/vñ sacht pārhe kūnd
alde pelз wesschen. Dat gefiel ō frawē wail/vñ bat jn dat he
die pelз wōld wesschen/ſy wōld it eren nabūren sagen/dat ſy
yr pelз al brechten dat he ſy wüesch. vlenspegel sacht ja. Die
fraw bsamdde yr nabūren zo samē vñ brachtē yr pelз. Vlen
spe. sacht/yr müst milch hain. die frawē blangerde na den new
wen pelзen/lieffen heim/bo ilten al die milch die sy hattē. Do
satзt vlensp. iij. kessel zom fúyr vñ gouß die milch darin/vnd
stieß die pelз dryn/ließ ſy siedē vñ kockē. Als in nu zyt ducht
sacht he zo den frawē yr müst mit wyßjonck lindē holз holz
vñ schelt den bast aff. die wail wil ich die pelз vß do in ſy sint
genoich gebüicht/ich wil ſy vß wesschen/darzo müß ich dat
holз has. Die wyuer hoildē dz holз frōlich/vñ yr kynd lieffē
by jn her sprūnзt vñ songē/ Oho gūd new pelз/oho gūd new
pelз. vlésp. lacht vñ sacht/ ja beyt die pelз ſynt noch niet recht
Als sy зo holз warē/stieß vlenspe. fast vnd vñ ließ den kes-
sel mit den pelзen stain/vñ lieff eweck/sal noch wid komen.

Vñ die fraw̃ quam̃ weḋ mit dem̃ holtz vñ fondẽ vlẽsp. nit
do wold ye ein vur d̃ anḋn eren pelz vß dem keſſel nemẽ da
waren ſy gar vbrant. vñ Vlenſpe. was eweċh.

Wie vlenſp. die ſchar wechter zo Nürẽberg wacker maċh
te: die jm na volgtẽ zuer ein Brucḳ vñ vnt waſſer vielen.

Ulenſpegel quam zo Nürenberch/wold ſyn gelt da vze
ren dat he mit dem heiltūb gewonnẽ hat. So he da eyn
zyt geweſt hat vñ al dinck beſyen. kond he niet laſſẽ/he müeſt
ſyn ſchalkheit da oȗch bewiſen. So ſach he die ſchar wechter
in eym groiſſen kaſten ſlaiffen vnd dem rauhuiß im harniſch
vlenſpe. hat weeg vñ ſteg wail erlert/ vñ ſonderlich gemerkt die
Brücke tüſſchen dem ſewmart vñ dem heuſsge da des nachtz
böß ōner gain iſt. want vil die wyn boḽ willen/ da vnigezogḛ
werdẽ. Alſo warte vlenſp. mit ſyner ſchalkeit biß die lud wa
ren ſlaiffen gange. da brach he ij. Bred vã ḋ Brucken warf ſy
yn die Pegnitz. vñ gieng vurt rautbuiß fluchen vñ houwen
mit eym alden meſſer int plaſter dattet fuir dwuiß ſprak̄. Sz
hoirtẽ die wechter vñ lieffen jm bald na. da lieff he vur hyn zo
dem ſewmart. da ware die wechter ſo na by jm/ dat he naw
komen kond vp die Bruck da he die Bred aff gebrochen hat. vñ
behalff ſich wie he kond/dat he ōver den ſtech quā. So he ḋo
uer was, rieff he mit lud ſtymen: Hoho wa blyfft ȳ nu ȳ y
zaezte böß wichter: So ſy dat hoirtẽ. lieffen ſy rleue jm naer
yetlicher wold d̃ yrſt ſyn. da fiel ye einer dem andn na in dat
waſſer Pegnitz/ vñ yd was da ſeer eng/ dat ſy an veilichẽ orte
die müler zerfielen. do rieff vlenſpe. hoho loufft jr noch niet
morgẽ loufft mir me na. zo deſem baed werd y: morgẽ frue ge
noich komẽ. eyner fiel ein bein entz wey/ d̃ and ein arm d̃ derte
ein loch in kop. geiner ſond ſchad? Dauan quā. Sa he nu die
ſchalkeit gedain hat/bleiff he niet lang zo Nürenberg zelick
weḋ eweċh/ want jm leid was yd würd vßbreccḣen. dat he nit
geſtümpelt würd. ſy würdens niet vur ſchymp hain.

B ij

Wye Vlenspegel mit eym doden heufd vmb zouch vñ die lüid damit bestreich.

Vlenspyegel hat sich
nu in allen landē be
kāt gemacht mit siner bo
ueryen. vñ wa he ein mail
gewest was/da wz he nyt
wilkom. yd en wer dā dat
he sich vnkentlich machte
also trude he sich mit much
sich gain niet me zo erneren
vñ was gud ding gewest
van kyntz vp/vñ hat geltz
genoich ouerkomt mit sy
ner geucheryen. So auer
syn schalkheit allenthalue
bekant was/vñ im syn na
rung entgyck/gedacht he

wie he gut krieg mit müessig gain. vñ wold ein heildoms her
werden damit im land vm ryden. vñ dept sich mit eim scho-
ler in eins priesters gestalt. vñ nam ein dodē heuft ließ dat in
siluer fassen. vñ quam ynt lant Pomeren/da sich die priester
nie ant suiffen halden/dan ant predigē. Vñ wa dan kyrchwy
gung in eym dorff was/off hoichzyt/off and vsamlung der
lant luid/da machte sich vlenspe. hyn zom pastoir vñ gewart
mit im/dat he in ließ predigē vñ die luid mit dem heiltūb be-
strichen/wat he dan offers krieg den wold he im halff geuen.
So was den vngelierdē paffen wail damit/dat sy gelt kregē
vñ so allermeist volk in d kyrchen was/so predigt he etwas
van der ald ee/vñ zotich die new ee darin mit der archen vnd
dem gulten eymer da dat hemelsch broit in lach. vñ sacht dat
zo/dat id dat gröste heiltūb wer. By wilen sacht he vam heufd
Brandonio/d ey heilich man gewest wer/des heuft he da het

vñ dat jm Befolen wer damit zo samelen an ein new kyrcß zo
Buwen/vñ dat doin mit reinen güde/vñ by sym leuen geinen
offer nemē süld van einer eebrecherschē/welche sölche frauwē
werē/sulden stil stain. dan so sy mir wat offerē werdē vñ schul
dich synt in dem eebruch/des nemē ich niet/vñ sy werden vur
mir bschempt/darna richt euch. vñ gaff den lüden dat heufft
zo kussen/dat vsllicht eins smytz heuft gewest was /dat he vp
ein kyrcß zue genomē hat. vñ gaff dem volck die segenüg/vñ
ginck vam predichstoil vur den altair stoyñ. dā synck ð pastoir
an zo syngen vñ die schellat zo dingen. Da gingen die bösen
mit den güden wyuerē zom altair mit yrem offer/drungē sich
zom altair dat sy kychen. Vñ die eyn böß gerüchst hattē/vñ et
was ouch dran was /die woldē die yrsten syn zom offer. Dan
nam he den offer van bösen vñ güdē/ vsmade nüist. so fast
glouften die einfeldige frauwē an syn lystige schalckhafftige sa
chen/dat sy meintē/welche fraw stil stüende/ wer niet frum ge
acht. Des seluē glychē/ welche fraw gein gelt hat/ offerdē gül
dē vñ siluerē ring. vñ ye ein hat acht vp dye and/off sy ouch
offerde. vñ welche offerde/ meint sy het yr ere bestedigt/ vñ yr
böß gerucht damit affgestalt. Ouch warē etlige die zwei ader
dreu mail offerdē/ dat id dat volck sold sien/ vñ sy vur fruñ
halden. Also kreich he dat schönste offer/ des glychē vur nye
gehoirt was. vñ da he den offer eweck hat/ geboid he by dem
Bañ allen den die jm geoffert hattē/ dat sy niet me mit böuerie
süldē vmgain/ dan sy weren des haluē gantz fry. vñ werē etli
ge ð seluē da gewest/ so wold he den offer niet van jn entfan
gen hauē. also wurdē die frauwē allenthaluē fro. Vnnd wa
Olenspe. hin quā da prediget he/ vñ dardurch wart he rych.
vñ die lund hieldē jn vur einē frōmē prediger/ so wail kond he
syn böuerye vhelen.

   Wye Olenspegel gelt verdiende
    zo Bamberg mit essen.
           ᴸ iij

Ulenspegel quam vā Nurenberg zō Bāinb: reß vñ wz
fast hongerich, quā by ein wyrtyn hieschͭ fraw Küm-
gund, die ein frölicke wyrtyn was/sy hieti jn wilkom syn, dā
sy sach an synē cleiderē dat he ein seltzamer gast v as. Als mē
nu des morges essen wold/fraegd jn die wyrtyn off he ouer dz
mail wold sitzen/off dat penfert essen. Ulēspe. antwor:t/hey
wer ein arm gesel/dat sy dat sy jm etwas vm gotz willen ge-
ue tzessen. Die wyrtyn sach̄t/ Fründ in der fleischbanck ader
Broutbencken gyst men mir niet vgeues, ich muß gelt drum
geuen, darum muß ich ouch gelt hain vur dat zessen. Ulēsp.
sachͭt/ Ach fraw dat dient mir ouch wail vm gelt zo essenn.
warum ader wie vil sal ich essen vñ drinckent Die fraw sach
te/an ͫ̄ heren disch vm.xviij. penning. an ͫ̄ neester taiffelen
dab y.xviij. penning/vñ mit mym gesynde vur.vij. Sarup
antwort ulēsp. fraw dat meiste gelt dient mir allerbest/ vnd
saß an ͫ̄ her disch/aß sich wail satt. Als he wail gessen vnde
gedrunckē hat/ sach̄t he zo ͫ̄ wyrtünnē/ dat sy jn vßrich̄te hey
müest reysen/ dan he het niet vil zerungh. liuer gast sach̄t die
fraw, betzael dat gelaich.xviij. penninck, vnd ganck hyn yn
gotz name. Nein sach̄t ulēsp. yr sült mir.xviij. pennīg geuē
als yr gesacht hait. dā yr sachtē/an dem disch eeß men dz mail
vm xviij. pen. dat hain ich also vstandēlich süld damit gelt
vdienē, dā y d wart mir sweer genoich. ich aß, dat mir ͫ̄ swē-ß
vßbrach/als het yd lijff vñ leuen gegoldē, het ouch nit me mo-
gen essen, drum geft mir minē suren loin. Fründ sacht sy/ dz is
wair. yr hait wail dryer man kost gessenn, dat ich eu ͫ̄ darzo
süld lonē, dat rymdt sich gar niet. Doch is id vm does mail
nyt gedain/yr mögt wail damit hyn gain, ich geef gein gelt
zo/dat is blozen. vñ begerē ouch gein gelt van euch/ kumpt
mir niet her wed. dā süld ich myn gest dat jair vm also spysen
ich müest mit der wysen van huiß vñ hoeff laissen. Da schie
de Ulēspe. also van dannē/ vñ vdiend niet vil danck.

Wie vlenspegel geen Roim zoig vnd den paiß
besach, der jn vur eynen ketzer hield.

Ulenspegel was aller schalckert vol, als he dan alle schalk
Zeit vsücht hat, gedacht he an dat ald sprechwort, gack
gen Roim fromer man kum her weder nequam. Also zoich
he gen Roim, da beweiß he jyn schalkeit ouch, vñ quá by ey
wydwer zer herberg. Do sach sy dat vlensp. ein schoin mann
was, fraegd jn wa he her wer? Vlensp. sacht he wer vß Sas-
sen land, vñ wer ein Oesterlinck, vñ wer darum zo Roim ko-
men, dat he mit dem paiß wold reden. Sie fraw sacht, frünt
den paiß mögd jr wail syen, auer mit jm zo sprechen, des en
weis ich niet. ich byn hie ertzogē vñ geboren van den öuersten
geslechten, vñ hain mit jm noch nye zo wordē komē komē.
wie wild yr dan dat zo wege brengen. ich geeff wail hondert du-
caten darum, dat ich mit jm sprechē möcht. Vlenspeg. sachte
Lieue fraw off ich die manier fünd, dat ich uch vur den paiß
brecht, dat yr mit jm zo rede quemēt, wolt yr mir die hondert
ducatē geuen. Die fraw wart fro, vñ geloiffd jm dat gelt by
eren zo geuē, wan he dat zo weeg brecht. Auer sy meint yd wer
jm vnmöglich, sy wyst wail dat yd vil arbeits koste. Vlensp.
sacht, Lieue wyrtyn wan id nu also geschiht, wil ich die.c. du-
caten hain. Sye sacht ya, auer gedacht, yt bis noch niet dae.
Vlensp. wartet darvp. dan allweg in vier wochē, müste der
paiß eyß miß lesen in d' capellen geheissen Hierusalem zo sent
Johan lattranē. Als nu d' paiß die miß dede, dranck vlenspe.
in die capell so nae als he dem pais komē moicht. vnnd als
yd in der styllingen was, kierd vlenspe. dem Sacrament den
rück, dat sage die Cardinael, vñ als der pais den segen duet
den kelch ded da kyerde sich vlenspegel auer vmb. Als nu dye
myß vys was, do sprachen sy zo dem pays, dat ein sölche per-
soin ein schöner man wer da der by der missen ghewest were,
vnnd hette also synen rückenn gegen dem altaur zo gekerdt

vnder der styl mijsen. Der paiß sacht/yd is noit dat men dar
na fraeg/want dat tryst die hilge kyrch an. Süld men den vn
gelouuē niet straiffen/dat wer gegen got schans. hait ơ mȳsch
sülchs gedoin/so is tzobesorgen dat he vngleuuich sy vnd niet
gūt christen. vñ bestalt damit/dat mē jn vur jn brechte. Sye
quamen zo Vlenspiegel vnd sprach: he müst für dē paiß ko
men. Do ginck vlenspieg. van stund mit jn fur dē paiß. So
vraegd jn ơ paiß wat he vur ein man wer. Vlensp. sacht: het
wer ein gūt christē man. Der paiß vraegd wat he vur einē ge
louuē het. He sacht/ich gleuf wie mȳ wyrtȳñ. vñ nant sy mit
namen/die dan wail bekant was. Der paiß sant na yr vnnd
frazed sy wat sy geleifft. sy sacht/den Christē glouuē/ vñ watt
yr die hilge kyrch gebüd vñ vbüd/sy het auch geinē gelouuē
Vlenspegel stoind daby vñ macht vil wesens sagende: Aller
gnedigster vad/du knecht aller knecht/den gelouuē glauuen
ich ouch/ich bin ein gūt christē man. Der paiß sprach/warū
kerstu dan den ruck zom altair so men dat hilge sacrament vp
heft. He sacht/aller hillichst/ ivad ich byn ein arm groiß sün
ơ/vñ mich ducht dat ich des niet werdich wer tzo syen/biß vz
ich gebycht het. do was ơ paiß zo freden/bließ Vlenspe. vnd
ginck vp syn pallaß. Vlensp. ginck in syn herberg vñ hiesch
der wirtȳñen die hondt dukaten/die sy jm geē mūst. vlensp.
bleiff na als vur/wart vā ơ Römscher fart niet vil gebessert.

Wie vlenspegel die Jüdde zo Franckfort am
Meun bedroig vm dusent gülden/ vñ
bkoufft jn dreck vur Prophett beren

Vlenspegel zouch van Rom vñ quā zo Franckfort an
Meim in ơ missen. vñ ginck hin vñ her besiende wat yed
man feyls hat. Nu sach he einē jongē starckē man wad geckit
hat an clein kraemgē mit besem vß Alexandrien/den he delir
louede. Vlenspegel dacht/ich bin ouch ein fuler schelm künd
ich mich ouch so lichtlicht erneren/diende mir gantz wail. Al
so lach he des nachtz denckende vp die narung. Jn dem beyß

in ein sloe im aers/ma d’ greif he endlich/do fant he etlige ars
pillelen. So gedacht he dat muß der pilcher eint syn/dat mē
nent Leckselffander/dae der besem her kümpt. Als he nu des
morges vpstoind/galt he grawen vn rodē sendel/vn bant d’
ars pilcher wat darin. vn galt me specery en darzo/ vn kreich
eins benckß zt vn ginck mit sym kraim vur den Römer stap
Sa quamē vil lüid zo im/besage synē kraim/fraegdē jn wz
he seltzants seil het. dan yd war yed gebüntge gebondē wye
byßem/vn touch seltzam. Auer Vlenspe. gaff niemāt recht
bescheyt/biß dat dry rycher jüden quamē vn fraegden na sy
net wat. Den sacht he/yd were ware propheti körner. vnnd
wer der eins in sinen mont nympt/vn darna in die nach stille
der sage vā stundtan wait. Also giengē die jüdē hind sich vn
berieden sich. Zolest sprach d’ elz jüd/damit möchtē wir wail
wißsagen wane vnser messias komē sulld. dat vns jüdē nyet
ein clein troist were. vn beslussen/dat sy die war alle vpgedē
woldē/wat sy ouch darvur müestē geuē. Also gingen sy wed
zo vlenspegel sagende/kouffher/wat sal der propheti kör
ner eint geldē? Vlenspeg. bedacht sich kurtz sagende/fur wait
wie ich war hain/also berect mich got kouflüit/den jüdē dient
dese kost wail/vn sacht/ich geuē eint für hondt güldē. wild
yt die niet geuē(yr hond)so gait nur eweck/vnd laist mir den
dreck stain. Vp dat sy vlenspe.niet erzürndē/vn syn war mō
chten kriegen/talten sy im die hondt guldē bald dar. vnd na
men der körnger eint. vn gingē bald heym/vnd klopten zer
scholen allen jüdē jonck vn alt. So sy zosamen quamē/do
stoind der elzte Rabi vpgenāt Alpha/vn sacht/Wie sy du
rch gots willen ein prophetē korn kregen hettē/dat sülde erer
einer in den mont nemen/so sülld he die zokunft Messie ver
kündigē/vp dat jn troist vnd heil dauā queme. So süldē sy
sich all darzo schicken mit fastē vn beden. vn na dryn dagen
sülld dat Isaac mit groisser reuerentze innemē. Dat geschach
also. Als he nu dat im mond hat/fraegd jn Moyses/Lieuer

f.

Jsaac wie smack yd doch? O godes diener/wyr synt van dem
gecke bedrogē/yd is anders niet dan wat drecks. da smackt sy
al an dat propheten korn/so lang bis sy sagen dat holtz dair
vp die körner waessen solde. vn̄ vlenſp. was eweg vn̄ braſde
wail/die weil der jüden gelt werde.

Wie vlenſpe. zo Quedlinburch hüener galt/vn̄ der bū
rinnen eren eygen hanen zo pand ließ vur dat gelt.

DJe lantlūid waren vurmails niet so lyſtich als nu.
Eins mails quam vlenſpiegel gen Quedlinburch/
da waſt marckt/vn̄ he hat niet vil zerung. wie he syn
gelt gewan/also gieng yd wes eweck/gedacht he wie er zerū
ge möcht ouerkomē. Also saß ey lantfraw am mart die hat
einen korff vol hüener mit eim hanen feil. Vlenſpegel fragde
sy wat dat par geldē süld. sy antwort dat par vm̄ zwen ſtef-
fens groſſchen. He sacht/wilt yr sy niet naher geuē? Die fra
we sacht nein. Da nam vlenſp. die hüener mit dem korff vn̄
gieng zo d Burchportz zo. Da lief jm die biirin na vn̄ ſacht
kouffman wiltu mir die hüner niet betzalen? Vlenſpe. ſachte
ja gern/ich byn d Abdiſſen knecht. Sy sacht/darna frage ich
niet/wiltu die hüener hain? so betzail sy/ich hay by d Ebdiſſē
niet zo doin. myn vad hait mich gelert/ich ſull van den nüūſt
gelden/adar in borgen/vur den men sich müß nergen. darum̄
betzael mit dye hüner/börſtu niet? Vlenſpe. ſacht. fraw yr ſijt
van deynem gelouuē. yd wer niet güt dat al kouflūit also we
ren. so müeſten die güde ſtalbröd ouel gedeit gain. Doch dz
yr des vren gewiß sijt/so nympt hyn den hanen zo pand, bis
ich och den korff vn̄ dat gelt brenge. Die güd fraw meint sy
wer wail vsorgt/vnd nam eren eygen hanē zo pand vn̄ wart
bedrogē wat vlenſp. blaiff vß mit den hüeneren vn̄ dem gelt
Da geſchach yr euen als den/die yr dinck aller neuſt wiſſen b
ſorgen/vnd beſchijſſen sich doch by zyden ſelffe.

Wie der paſtoir van Hogen Egelßheim Vlenſpegelen ein wurſt fraß.

VLenſpegel galt zo Hildeßheim ein gůd roid wurſt in dem fleiſchhuiß. vnd ging van danne gen Egelßheim da was he wail bekant mit dem paſtoir. vnd yd was an eim ſondag zo morgē. als he dar quā, ded ŏ paſtoir die früemeß vp dat he tzytlich eſſen wold. Alſo gieng vlenſp. in wedemhof vnd bat die magt, dat ſy jm die wurſt bradē wold. Die kelnerin ſacht ja. do gieng he in die kyrch, da waß die früemyß vß vn ein and prieſter hůff die homiß an, die hoirt he vyß. Sye weil was d paſtoir heim gegangē, vn ſacht zer magt is nüſt gar gekocht, dat ich wat eſſen mōg? Die kellerin ſacht, die is niet gekocht dan ein roid wurſt, die vlenſpe. bracht hait, die is gar, die wōld he eſſen wan he vß der kyrchen quem. Der paſtoir ſacht, lang her die wurſt, ich wil einen biſſen dauā eſſen. Die magt gaff jm die wurſt, die ſmackt jm ſo wail dar he ſy gantz fraß. vnd ſacht zo jm ſelff, geſegē mirs got, ſy hait mir wail geſmackt. vn ſacht zo d magt, gyff vlenſpez. ſpeck vn kvel zeſſen als he plecht. Als die myß vß was, gieng vlenſpegel wed ins paſtoirs huiß, wold ſyn wurſt eſſen. do hieß he jn wilkum ſyn vnd danckt jm vur de wurſt. vnd ſacht wie ſy jm ſo wail geſmackt hat. vnd gaff jm ſpeck vnd můß. Vlen ſpe. ſweich ſtill vn aß wes da was, vnd gieng am maendag wed e wech. Der paſtoir rieff vlenſpez. na, hōrſtu? wanne du wed kümſt, ſo breng zwa wurſt mit dir, ein fur mich, vnd ein vur dich, wat ſy gelde, wil ich dyr wed geue, ſo willen wir braſen. Vlenſpeg. ſacht ja her id ſal ſyn, vnd gieng wed gen Hildeßheim. vn id gieng na ſym willen, dat die ſchelmē ſchind ey doid ſu w vß voirtē. Da bat vlenſp. den ſchind, dat he gelt neme, vn machte jm zwa roid würſt vā der ſuw, vnd gaff jm etlich gelt. Der ſchind ded dat. do nam ſy vlenſpegel vnd ſoid ſy halff gar, als men den würſten pleegt zo doin. vnd quam des anderen ſondags wed gen Egelßheim, vn traff dat d pa

f ij

ſtoir auer die frümyß hielb. So ginck he inß paſtoirs huiß
vñ brachͤt die würſt auer d’ magt/dat dat ſy die wold braden
entgeen den mittach/dem paſtoir eyn/vñ jm die and’/vñ gin
ge damit in die kyrch. Sy bried die würſt. Da die meß vyß
was/ſa.b d’ paſtoir vlenſp. vñ gieng bald heim. vñ ſacht/ vlē
ſpegel is hier/hait he ouch de würſt bracht? Die magt ſacht ja
ſy ſint gebrade. vñ nam ein vam für/vñ ſy wart d’ würſt lu
ſtich vñ ſy ſatten ſich beid neid vñ woldē die würſt mit luſt eſ
ſen. Da ſmurtzen jn die müler. in dem kümpt vlenſpe. ingain.
So ſacht d’ paſtoir ſich wat würſt haiſtu bracht? ſich wie
mir vñ miner magt die müler ſmurtzē. vlenſp. lacht/ vñ ſacht/
got geſeget eü brauch geſchürt na vrem wellen als yr mir dā
rieffen/ich ſuld tzwa würſt brengē/da vā wolt yr zwey eſſen/
dat euch die müler ſmurtzen ſuldē. auer des ſmurtzes acht ē ych
niet, wa kozen niet nafolgt. mich düncket yd werd bald komē
wāt die würſt ſint gemacht/vā einer doß ſuw. Darum müſte
ich dat fleiſch rein ſeuffen/ dauā kümpt euch dat ſmurtzē. Die
magt huff an zo kyuen vñ kozt ouer den diſch hyn/des glich
d’ paſtoir och. vñ ſprach/ganck bald vß mym huiß/ Du ſchalk
vñ nan eine kluppel vñ wold jn ſlain. Vlenſp. ſacht/ dat ſteit
eym frumen mañ niet wail an/ yr hieſſ mich doch die würſt
brentzē, vñ hait ſy beid geſſen. Bazaile mir die zwa/ich geſwy
gen d’ derdē. Der paſtoir was zornich vñ ſacht/ dat he ſyn ſu
le würſt ſelffs freeß. Vlenſpeg. ſacht/ ich hay och doch niet ge
drongē die würſt zo eſſen/ ich enmocht erer ouch niet. auer die
zitē het ich wail gemacht. die hait yr geſſen aen mynen wil
ken. adde güden nacht.

Wie Vlenſpegel dem paſtoir tzo Ryſenburch
ſyn pert aff klafft mit eyner falſcher büchſe.

V.Lenſpegel ließ ſich böſer ſchalckheit niet verdrieſſen tzo
Reſſenburch in dorp/ ym Aſſenburger gerichte. Dae
wonde och ein paſtoir/ d’ hat ein fyn magt/ vñ ein fyn wacker

pert/Die hat he beid lieff.
Nu was der hertzoch vā
Brunswyck zo d́ zyt zo
Ryssenburch/vn̄ hat den
pastoir laissen bidden durch
and lüd/das he jm dz
pert liess werdē/he wōlde
jm genüegd dar vur doin
Ser pastoir weygherde
dem fürsten dat pert/ soe
do:st jm d́ fürst dat pert
niet laissen nemen wāt dz
gericht was vnd dem r.
de vā Brunswick. Also hat
Vlenspegel die ding wail
gehoirt/vn̄ sacht zo dem
fürsten/Genediger here/wat wilt yr mir schēcken/dat ich vch
dat pert zo wege bringh van dem paffen zo Ryssenburdi:
Kanstu dat doin sacht d́ fürst/ich wil Dir den rock geuen dē
ich hie an hain. dz was ey roit schamlot mit perlen gestickt.
Dat nam Vlenspegel an/ vn̄ reit vā Wolffenbüdel zo ryssen
burch int dorp zo dem pastoir in zer herberg/wāt he da wal
bekant was/vn̄ dick dair geherbergt hat. vn̄ was wilkomen
da. Als he nu dry dag da gewest wz/ stalt he sich off he krāk
wer/vn̄ echtzer hart/vn̄ lacht sich ned. Dem paffen vn̄ siner
magt was leid Darum/ vn̄ wiste niet rait wie sy den sacken do y
soltē. Zo lest wart vlensp. so kranck dat d́ paff van jm begerd
dat he wōld bychtē vn̄ gotz recht neem. Vlenspegel was dat
seer lieff/doch dat he jm selffs wōld bicht hōrē/ vn̄ fragē vp dz
neust. vn̄ sacht he siild syn seel bedencken/ want he het syn dag
vil auentüre bedreuē/ stat he got bede/dat he jm syn sünden vge
uen wōld. Vlenspeg. sacht gantz krencklich e zo dem pastoir
he wyst niet me dat he gedoin het/ stan ein sünd/die dōrst he

f iij

im niet Bichten/ vñ dat he jm ein ander priester holde/ dem
wold he sy bichtē. want so he sy jm bichte/besorgde he/ dat he
darum zornich wurd. So he dat hoirte/meint he va wer wz
vnd vsorgē dat wold he ouch wissen. vñ sacht/Vlenspegel/
d' wech is ferr/ich kan den andn prieſter niet so bald kregē. vñ
off du in d' tzyt ſtürfſt/ſo hetz du vñ ich vur got die ſcholt/
wa du dairuñ bſuimt wurtz. ſag mir dz/die ſünd ſal ſo groiß
niet ſyn/ich wil dich davā abſoluerē. och wat hult/dz ich bös
wurd/ich moiß doch die bijcht niet mdoē. Vleſp. ſacht/ſo wil
ich dat bijchtē/ſy is ouch ſo grois niet/mir is leid vur vrē zorn
want yo ich angeit. Da blangde dem paſtoir noch me dat
zo wiſſen/vñ ſprach zo jm/Het he jm wat geſtolen off ſcha
des gedoin/dat heit jm bicht/he wōlt jm vgeuē. Ach lieuer he
re ſacht vlenſp. ich ſorgē yt wert darum zürnen. Doch ich ſor
gen ich bald van hynnē ſcheydē muſs. ich wilt och ſagē. Lie
uer herr/ich hain by vier magt geſchlaiffen. Der paſtoir fra
gede/wie dick dat geſchiet wer. Vlenſp. ſacht/ niet dan fünff
mail. d' paff dacht/da ſal ſy fünff drüeße vm hain/ vñ abſol
uierd jn bald. vñ gieng in ſyn kamer vñ hieſch ſyn magt zo
jm komen. fraegd off ſy by vlenſpe. geſlaiffen het. Sye kelle
rin ſacht/nein yd is gelogen. Der paff ſprach/ he het jnt doch
dat gebycht/ he geleufftz och. ſy ſacht nein. he ſackt ja. vñ greif
einen ſtecken vñ ſlug ſy bruin vñ blae. Vlenſp. lach im bett
vnd lacht/gedacht in jm ſelffs/Nu wil dat ſpil güt werden.
vñ lach den gantzē dach alſo. Jn d' nacht wart he ſtark/ſton
de des morgēs vp/vñ ſacht/yd wer beſſer/he müeſt in ein an
d' lant/ dat he reckend wat he vzert het: Der paff reckent mit
jm/vñ was ſo yrre in ſym ſynn/dat he niet wyſt wat he dett.
vnd nam gelt/ vñ doch gein gelt/vnd was des zo freden/ dat he
wandelde/ vnd die magt ouch. doch was ſy vm ſynen willen
geſlagen. Nu was vlenſpe. bereit vnd wold gain/vnd ſacht
Herr/ſijt gemaent/dat yr de bicht geoffenbairt hait. Jch wil
gen Haluerſtat zom biſchoff/dat vā uch ſagē. Der paff ver

gas siner boißheit/do he hoirt/dat vlenspe.jn wold zo schadē
brengē. vnd bat jn ernstlichen/dat he swege/yd wer geschiet
in gehēm müde he wōld jm.xx. guldē geuē/dat he in niet be-
dagde. Vlenspe. sacht nein/ich nem niet hondt guldē dat zo d
swigen. Der paff bat die magt mit schryendē ougē vnd sacht
dat sy jn fracz/de/dat he sechte/wat he jm geuē süld/dat wōld
sy jm geuē. So sacht vlenspe. Wōld he jm syn pert geuē/soe
wōld he swigē/vñ jn niet meldē. he wōld vch anders niet haue
dan dat pert. Der paff hat dat pert gantz lieff/hedt jm lieuer
al syn barschafft gegeuē/doch gaff heit jm aen synē dāck/dan
die noit jn darzo dranck. Also reit vlenspe. mit des paffen perd
geen Wolfenbüddel. Da quam he vp den dam/da stünd der
hartzoch vp der teckbrücken/vñ sach vlensp. mit dem perde
da her drauen. Von stundan zoig d fürst synē rock vpß/den
he vlensp.geloifft hat/gienck jm entgegē vñ sprach/Tymhy
myn lieuer vlensp.hie is d rock den ich dir geloifft hain. Da
viel he vam perd sagende/Genediger herr/hie is vt pert. vñ
was dem hertzogen groiß zodanck. vñ müst jm vzelen/ wie
he dat pert vam paffen bracht hat. Da lacht d furst vñ was
frolich daua/vñ gaff vlensp.ein ander pert zo dem rock.vñ der
pastoir bedroffde sich vm dat pert/vñ slüg die magt dickma
les darum. Dat jm die magt entlieff/vñ erer beyd quyt wart.

Wye vlenspegel sich verdingde zo eym schmede
vnd he jm die blaißbelg in den hoff drüg.

Zo Rostick in dem lande van Meckelenburch, dar
quam Vlenspegel vch hyn/vnd verdingde sich vur
einen schmytz knecht zo eym schmede. vnnd der selff
schmyt hat ein sprechwort/wanne der knecht myt den belgen
blasen sold/so sprach hei haho folgß mit den belgenn haho
Also stünd Vlenspegel vp den belgßen vnnd blyeß vast an.

So sacht der smyt zo vlenspē. mit harde wordē/Hasso sol
ge mit den Belgē na. vn gieng in den hoff/vm syn wasser zo
machen. So nam vlenspe. einen blaißbalch vp den hals vn
folgde dem meister sagende' Meister hie is ein blaißbalch/
war sal ich jn doin? dat ich den andn ock hole. Der meister
sach vm/sagende/Lieuer knecht/ich en meynes nit also. gāk
leg jn wed an syn stat. Dat ded vlensp. Der meister gedacht
wie he jm dat bezalen mocht/vn dacht wie he. v. dag lāck
zo middsnacht wold vpstain/die knecht wecken vn arbeidē.
He weckt sy vn ließ sy smiddt. Vlenspegels gesell begunde
zo sagē/Wat meint vnß her damit? dat he vnß so früe weckt
des plegt he niet zodoin? Vlensp. sacht/wil ich jn fragen? der
knecht sacht ja. Vlenspegel sacht/Lieuer meister wie geit dat
zo/dat yr vns so früie weckt/yd is yrst middsnacht? Der mey
ster sacht/dat is myn wyß/dat myn knecht die yrste acht dag
niet langer süllen lygē dan bis halff nacht. Vlensp. sweich
still/vn syn gesell dorst niet sagē bis in die and nacht. So
weckt sy auer d meister früie. Da bant Vlespe. dat bett vp den
rück. vn do dat ysen heiß was/quam he van bouē louffen vn
slüg mit zo/dat die funcken ynt beth stüuen. Der smyt sacht/
nu sich wat deistu/bistu dol worden? mach dat beth niet bly-
uen lygē vp siner stat? Vlenspegel sacht/meister zürnt niet/dz
is myn wyß/zo den yrsten wordē/dat ich ein halff nacht wyl
lygen vp dem bed/die and halff nacht sal dat bed vp mir lige
Der smyt wart zornig sprach zo jm/dat he dat bed wed vp
syn stat drüg/vn ganck op dat huiß du bzwyfels schalk. He
sprach ja/vn ginck vp den sülder vn lacht dat bed wed in syn
stat. vn nam ein leyd vn steich bouē in die fyrst/vn brach dat
dach ouen vp/vn gienz vp den dach e vp den latte. vn zouch
die leyd na jm/vn satzt sy van dem dach aff vp die straiß vn
steich hinaff vn ginck ewech. Der smit hoirt dat gebüld vn
gienz jm na vp den süller mit dem andn knecht. vnd sach dz
he dat dach hat vpzebrochen vn was dair vß gestegen. wart

he noch zorniger vñ sůcht den spieß vñ lieff jm na. der knecht
bidd den meister vñ sacht/laist vch sagen/He hait doch an
ders niet gedoin/dan dat yr ju geheissen hait. Want yr sachtē
he scild vch boué vß dem huiß gain/dat hait he gedain. der
smyt ließ sich vnd wysen/wat wold he doin/vlensp. was hyn
wech. Der knecht sacht/an sólchem man is niet zogewinnē
wer vlensp. niet kent/d haeff nůr mit jm zo doin.

Wie vlenspiegel eym smyd hemer vñ zangen rc. zo samen smytte.

DA nu Vlensp. vā dem smyd quā/wart yd winter vnd
kalt/vñ al dinck wart důre. also darvil dienstbodē ledich
gingt. vñ vlensp. hat gein zergelt. da wandeld he vortain/ vñ
quā vp ein dorp by einē schmyt/d nam jn an. auer vlésp. hatt
da niet lang willen smydde. wāt d honger vnd winters noit
zwanck jn darzo vñ gedacht/Lijt wat du machs/so lang der
finger wed in die erd geit. doe wat der smyt will. Der smyt
nam jn niet gern an/vm der dürer zyt willen. Vlenspe. batt
den smyt/dat he jm zo arbeydē geue/he wold doin wat he wōl
de/vñ essen wat be jm geeff. Der smyt was ein boiff vñ dach
te/ny m jn an/vbsůech jn acht dag. die weil kan he dich nit arm
essen. Des morges begonnē sy zo smydden/vñ d smyt d:igde
jn seer mit den belgen vñ hamer bis an dat mailzyt. da menn
essen sold/nam d smyt vlensp. vñ voirt jn zo einer preseyen in
den hoff/ vñ sacht zo jm/Lym hyn/du sprichs du wils essen
wat ich wull/vp dat ich dir zo arbeidē gene. dit mach nyemāt
essen/dat ys du nu. vñ ginck ynt huiß vñ aß. vñ ließ vlenspe.
by der preseyen stain. Vlensp. sweich/vñ gedacht/dat haistu
vil and lüden gedain/mit d maissen wirt dir wed gemessen.
wie sal tu jm dat wed bezalen/yd moiß bezalt syn/wer d win
ter noch so hart. Vlenspe. arbeyte bis an den auent. do gaf jm
d smyt wat zessens/want he hat den dach gefast. Da nu vlē
spe slaiffen ginck/sprach d smyt zo jm/ Stant morn vp/dye
magt sal blasen/smyd ein vour dat and/wattu haiß/vñ ho w

hoiffnegel aff/ſo lang bis ich vpſtain. Vlenſp.ginck ſlaiffen.
Do he vpſtoind/dacht he jn zo bezalen/vñ ſuld he bis an knye
im ſchnee louffen. He macht ein grois fuir vñ nam zangen
vñ hemmer/ſperhaker vñ ano werckzüch vñ ſchweiſt yd im
ſantleſſd vñ ſmyt ſy zo ſamen. vñ nam vil gemachter hoiff-
negel vñ hew jn die heuffd aff. vñ do he hoirt dat d ſmyt vp-
ſtoind/nam he ſynen ſchurtz vñ geit eweth. Der ſmyt kupt
in die werckſtat/ſuit den negelen die köp affgehauwe/vñ dat
hemer vñ zange vñ ano ſtück zoſame geſmyt war. wart he
zornich vñ rieff d magt/wa d knecht hyn wer. Die magt ſagt
he wer vsgangt.d ſmyt ſacht/he is gegangt als eyn ſchalck.
wiſt ich wa he byn wer/ich wold jm na ryde/vñ jm güd ſlap-
pen ſlagen. Die magt ſacht/he ſchreff wat bout die düer do
he eweg ginck/dat is ein angeſicht wie ein üle. Dan vlenſpe-
gels gewoende was/wa he ein bouerye ded/da me jn niet kat
da mailde he bouen die doer ein üle vñ ein ſpiegel/vñ ſchreyff
dar bouen zo latin/Hic fuit. dat maild he vch vp des ſmytz
doer. Dat befant d ſchmyt vch alſo. met he kond die ſchryfft
niet leſen. He ginck zo dem paſtoir/dat jn/dz he mit jm ging
vñ leeß die geſchryft boue ſyner dūr. Der paſtoir beſach de
ſchuſft vñ dat gemeeltz/vñ ſacht. Dat bedüit ſo vil/als vlespe-
gel is hie geweſt. Vñ hat d paſtoir vil van vlenſp. hören ſagt
wie he ein geſell wer/vñ ſchalt den ſmyt/dat he jm dat niet ge-
ſacht hat/dat he vlenſp. doch geſpen het. Der ſmyt wart zor-
nich ſagende/wie ſold ich vch ſagen des ich niet wiſt. Auer ich
weiß nu wail dat he in mym huiß geweſt is dz ſuit men an
mym werck zlig wail. vñ ded die ſchryfft vß ſage de/ich en wil
geins ſchalcks wapen ait miner doeren hauen. vlenſpeg. was
hyn vñ quam niet weder.

  Wie vlenſp. eym ſmyd/ſiner frawe/knecht/vñ maget
    yerlichem ein wairheit ſacht vur dem huiß vſſen

Vt Wyßmar quam vlenſpegel vp einen hilge dach/
Da ſach he vur einer ſmitte ſtay ein ſünerliche fraw mit

erer magt/vñ was des smitz fraw. Dar entgegē duer nam bey
herberge. vñ brach in d' nacht sym perd al vier hüffysen aff/
vñ zoich des morges vur die smyt. da wart he erkant. So sy
jn nu kanten/quā die fraw vñ magt vur ynt huiß dat sy bese
gen syn handlung. Vlensp. sacht zom smyd/off he wolde syn
pert beslain. ja sacht he. vñ was jm lieff/dat he mit jm reden
mocht. vñ vnd vil wortē sacht d' smyt zo jm/ Wann he jm
künd ein wair wort sagen dat waithafftich wer/ so wold he
sym perde eyn yßen geuenn. He sacht ja. wäne yr hait yßen
kolen vñ wint in den belgen/ so künd yr wail smydden. Der
smit sacht/ dat is ja wair/ vnd gaff jm ein hüffysen. Der kne
cht sloig jn dat ysen vp/ vñ sacht zo vlensp. By dem noitstall
künd he jm vch ein wair wort sagen dat jn antreff/ he wolde
sym perd vch ein ysen geue. Vlensp. sacht ja/ vñ sprach / Eyn
smytknecht vñ syn gesell müssen all beid hart stain/ wan sy
willen zo werck gain. Der knecht sacht/ yd ys vch wair. vñ
gaff jm ein ysen. Dat sage die fraw vñ magt/ drongē zo vle
sp. sagende zo jm/ Off he jn vch ein wair wort sage künd/ sy
wolde jm vch yetliche ein ysen geuen. Vlenspe. sacht ja. vnd
sprach zo d' frawē/ Welche fraw vil vur d' docten stait/ vñ
vil wyßes in den otgen hait/ herrē sy zyl vñ stat/ id wer niet
all frysch bis vp den grait. Die fraw sprach/ dat is wair/ vñ
gaff jm vch ein ysen. Do sacht he zo der magt/ Metgen wā
du yß/ so hüet dich vur ryntfleisch/ so darfstu in den zenden
niet grabelen. Die magt sacht/ ey behüed vns godt/ wie ein
wair wort is dat. vñ gaff jm vch eß ysen. Also wart syn pert
wail beslagen vñ reit van dannen.

    Wye vlenspe. eim schumecher diende/ fraegd jn wat
    formen he zo schnydē süld. d'r meister sacht/ groiß
    vnd clein/ wie d' sewhirt zer portē vß drieff. do sneit
    he zo koe/ keluer/ lemmer vnd geissen. etc.

Vlenspegel bdingt sich by eint schomecher/ d' was fuil
ginck leuer am matt spacerē/ dan he arbeite. vñ hieß vlē

spe. tzo snyden. vlenspe. fraegd wat manere he hait wold. der
schomecker hieß jn tzo schnyden groiß vnd clein wie d' sewhirt
im dorp vß drieff. he sacht ja. Der schomecker gieng vß/vnd
vlensp. schneit zo vñ macht vam led sew. offen. Eelue schnef
geissen allerley frey. Der meister quã des auentz heim/ vñ
besach die arbeit sins knechtz. da fant he dese dier vam leder
geschneden. He wart zornich vnd sacht tzo vlensp. wat haist
tu dair vß gemacht/ vnd mir dat led also vdoruent Vlensp.
sacht, lieuer meister ich hain dat gemacht, als yr gern hain.
Der meister sacht, ich hain dich dat niet heissen vderuen. V
lensp. sacht, meister wat zürnt yr? yr sachte mir, ich süld van
dem led schnyden groiß vnd clein, wie d' sewhirt zer porte vß
drieff, dat hain ich gedoin. Der meister sacht, so meint ich dz
niet. ich meint yd sülde clein vnd groisse schoin syn. vnd sültz
eine durch den andn neigt. Vlensp. sacht, het yr mich dat al-
so geheissen, so het ich dat gern gedoin, vnd doin id noch gern
Vlensp. vnd syn meister vdrogen sich, vnd vgaff jm dat zo
schniden. da vlensp. geloiffd jm, dat so zomacht, wie he jn dz
hieß. So schneid d' meister solen led zo, vnd lacht dat vlesp.
vur, vnd sacht, Nym hyn neye die deyne mit den groissen eyt
durch dand. He sacht ya, vnd fieng an tzo neyge. Der mey
ster süimde sich mit dem vßgain vnd wold besyen syn mach
en, dan he wart jn kenne, wat he jn geheissen hett, dat he dar-
na dede, als he ouch ded. San na des meisters heissen, nam
he einen groissen schuch vnd ein cleynen, vnd stach den deinen
durch den groissen, vnd neyde die zesamen. vnd als d' mey-
ster nu slychen ginck, da sach he dat he eine schoich durch den
andern neyde. So sacht he, du bis min rechter knecht, du weis
wat ich dich heisschen. Vlensp. sacht, welcher deit dat men jn
heist, wirt niet geslaghen. Der meister sacht ya myn lieuer
knecht, dat is also, myn wort waren also. auer myn meinung
was niet also. Ich meint, du sültz ein par deiner schoin tzo
machen, vnd dan ein groiß par. du deis na den worden, niet

na der meynnng. vnd tzúrnede. nam jm dat zerſneden led/ vñ
ſacht. nym da and led/ſchnijt die ſchoin tzo duer einen leiſten
gedacht niet me darup. Dan he moiſt vßgain na ſym gewer
ne. vnd was by na ein vre vß. da gedacht he yzſt dat he jn ge=
heiſſen hat die ſchoin tzo ſnyden duer ein leiſt. vnd lieff bald
heim. do hat vlenſp. dat led al zerſnede duer den mynſten ley
ſten. Da d meiſter quã. ſu it he dat led all zerſnede duer dye
clein leiſt. So ſacht he tzo jm. Wie gehört der groiſſe ſchoich
tzo dem cleinē Vlenſp. ſacht ya. wild yz dat noch hain/ich ſalt
noch hertzo wail machē. vnd ſchnide den deine tzo dem groiſ
ſen. Der meiſter ſacht ich kúnd beſſer eine minderen ſchúch
ſnyden vß ein groiſſen/dan vß eim deynen eine gröſſeren.
Vlenſpegel ſacht/yz hieſſen mich die ſchoin ſnydenn duer ei
nen leiſt. Der meiſter ſacht/ich hieß dich wail ſo lang/dat ich
mit dir an galge müeſt louffen. vnd hies jm dat led betzalen
dat he vderſt hat. wa he and leder ſtúld nemer Vlenſp. ſacht
der zerner kan des ledero nie machen. vnd ginck tzo der dô: e
vnd kerd ſich vñ ſagende/ Kumen ich niet me her/ſo byn ich
doch hie geweſt. vnd gieng hyn.

Wie eyn ſteuelmecher tzo Brunſwyck vlenſpiegel ſyn
ſteuelē ſpickt. dem he die fynſteren vß d ſtoue ſtieſſe

Vlenſpegel quã tzo Brunſwick op den kolēmart tzo ein
ſteuelē mecher hieß Chriſtoffel/fraegd yn/wild yz myr
die ſteuelen ſpicken/dat ich ſy bis maendach möcht wed hain
He ſacht ya. Vlenſp. gunck hyn gedacht nerges an. So ſach
te des meiſters knecht/dat is vlenſp. d yedman bedrüigt. wā
yz jn dat hieſſen als he vch dat geheiſſen hait/dat ded he. der
meiſter ſach. wat hait he mich dan geheiſſen? Der knecht ſa
chte. he hies vch die ſteuelen ſpicken / vnnd meint ſmeren. ſoe
wöld ich ſy ſpicken als men die braden ſpickt. Der meiſter ded
dat alſo. ſneit ſpeck vnd ſpycks durch die ſteuelen als eine bra
den. Vlenſpe. quã des maendags fraegd off ſyn ſteuelē reid
weren. Der meiſter ſacht ya. da hangē ſy an der want. Vlen

G iij

spiegel sach dat die steuelen so gespickt waren/wart lachẽ vnd
sacht/wie sijt yr so eyn fromer meister/hait yr mir dat gemacht
als ich eu:ch gehei ssen hain/wat wild yr darvur hainnr Der
meister sacht 'einen alden gro sschen. Vlensp.gaff jm den aldẽ
gro sschen vñ nam syn gespickte steueln vñ guick ewech.D̃ mei
ster vñ syn knecht sagen jm na vñ lachtẽ/sachtẽ vnder einander
Wie/sold jm dat geschien syn.nu is he be zeckt.mit dem leutst
vlenspiegel mit dem kop vñ scholderẽ in dat glaßfynster/dan
die stoiff stund vp der erdẽ an d̃ straissen. vñ sacht zom mey
ster/ Wat is dat vur speck/dat yr ito minen steueln gebruicht
hait,is yd speck van einer suw/ad van eim beren? Der mey-
ster vwonderde sich mit dem knecht.vñ sach dat vlensp. ym
fynster lach/vñ stieß mit dem kop vñ scholderẽ die ruten der
fynstern wail halff vß /dat sy in die stoue viele. Der meister
wart zornich sagende/ Wiltu breder des niet laissen/ich sla-
gen dich vur dinen kop. Vlenspe.sacht/Liuer meister zürnt
niet,ich wist gern wat dat vur speck wer/damit yr myn steue
len gespickt hait.is yd van einer suw/off van eym euer? Der
meister wart zornich sagede/dat he jm dat fynster vntzobrẽ
chen ließ. He sagt/wild yr mir niet sagẽ wat specks dat sy/
so nto is ich gain einẽ andrn fragẽ. Also sprack vlensp. vß dem
fynster. vñ der meister wart zornich vp sinen knecht sagende/
Den rait geefstu mir.nu gyff mir rait dat myn fynster wed
gemacht werd. Der knecht sweich, der meister was vnwillich
sagende/ Wer hait nu den andrn geefft? Ich hain alweg ghe
hort,wer mit schelcken beladẽ is /d̃ sal die slyp affsnyden/vnd
sy laisseu gain.het ich dat gedain/so wer myn fynster gantz
bleue stain. Der meister wold die fynster bezailt hain/darũ
müst der knecht wandelen.

Wie vlensp. eym schomecher tzo Wißmar dreck
vur smer vñ kalck verkouft, der befroren was.

SYD ein tyt ded vlenspegel eym schomecher zo Wißmar
groissen schadẽ mit zu snyden/vdarff jm vil leders/dat

der gůd man gantz trurich wart.dat myrckt vlenspe.vñ quā
wed gen Wismar/sprach dem sduen schomecher wed to/sa
gende/dat jm ein last leders vñ smaltz komē wurd/da wolde
he jm gůden kouff angeuen/dat he sym schaden wed na queē
Der schomecher sacht/dat deistu billich.Van du mich damit
to eym armen man gemacht hais.Wan dir dat gůt kůmt
so sag mir dat to.Darvp schieden sy.Nu was yd wynter zyt
dat die schelmen schind die heimliche gemach fegden.Zo den
quam vlensp.vñ geloifd jn gereit gelt/dat sy jm z welff thon-
nen wolden füllen mit materien vß den preseyen.Die schyn
der deden also I slůgen jm die thonnē vol by vier finger breyt
lieffen die stain so lang dat sy hart gefrorē warē.do hoilde sy
vlensp.e wed Vñ vp.vj.thonnē begouß he ouen dat dik mit
kalck/vñ slůg sy hart to.vñ.vj.thonnē begouß he mit kůch-
en smaltz/vñ slůg sy hart to.vñ ließ die tom gulden sterren
in syn herberg fůrē.vñ sant dem schomecher bode.Do he quā
slůgen sy dat gůt ouen vp.Dat gefiele dem schomecher wail.
vñ machtē den kouff/dat der schomecher vlenspegeli sold ge-
uen vur den last.xviiij.guldē.vij.guldē gereit/die and.xij.vp
eim jair.vlensp.nam die vij.gul.vñ treckt hyn.dā he besorgd
dat end.Der schomecher nam syn gůt vñ was frolich.als
einer der bloten schades off schok wed to kůmpt.vnd wolde
des andn dags smeren.Die schomecher knecht quamē jm to
helffeu vnd hoffden da wail to braffen/vñ woldē des werks
bestaun vñ songē frolich.als dā yr weiß is.Als sy nu die thon-
nen tom fůyr brachtē vñ warm wurden.Da begunnē sy to
styncken.Da sprach ye einer tom anderen/ych meynen du ha-
ues in die hosen geschiffen.Der meister sacht/v:er einer hayt
in einen dreck getreden/wüsschet die schoin/yd růicht z mail oe
uel.Sy süchten al vmher/auer sy envonden niet.vnd begon-
nen dat smaltz in einen kessel to doyn/vnnd to schmerenn.
vñ so dieffer sy quamen/wie dueler yd stanck.Zo dem lesten

wurdē ſy des gewar vn̄ lieſſen aff. Der meiſter vn̄ die knecht
ſuchtē vlenſpe. in zo kümeren vur den ſchadē. auer he was hȳ
wech mit dem geld/ſal noch weꝯ komē vm̄ die andʳ. vÿ. gul
dē. Da muſt dʳ ſchomecher die tunnē vp die ſchelmēkuil füe
ren mit duſſelem ſchaden.

   Wie Vlenſpe. zo Einbeck ein Bier Brūwer wart/
   vnd einen hont dʳ kop kieß/vur koppe dryn ſoid.

ELenſpegel machte ſich zo bedich. Vp ein tyt als men
nu ſyn mit den beſchiſſen prumen vgeſſen hat. quā he
wes zo Einbeck/vnd ydingde ſich zo ein Bierbrüer. Jo be
gaff ſich dat der Brūwer vp ein Brulofft ſold gain/vn̄ ſachte
zo vlenſp. he ſuld mit der magt Bier brūwē. vnnd vur allen
dingē flyſs doin den hoppē wail zo ſiedē/dat dat bier ſcharp
davan ſmacken wurd. Vlenſpe. ſacht ya. da gieng dʳ Brūwer
vn̄ ſyn fraw zo Brulofft. Vlenſpe. began faſt zo ſieden. die ma
get vnder weis jn/dan ſy me vſtantz dar an hat van he. Da
men nu den hoppen ſiede ſold/ſacht die magt/Ach lieuer den
hoppen ſiytz du wail allein/giū mir dat ich ein vre den datz
beſehe. Vlenſpegel ſacht ya.gedachtigeit die macht ouch hyn
ſo haiſtu einer ſchalckheit macht. Nu hat der Brüer eine groiſ
ſen hont kieſch hop. den nam he do dat waſſer heis wart vn̄
warff jn dryn/lies yn wail vſieden/dat ym huit vnd hair aff
ginck. Da die magt nu tzyt ducht ſyn/dat der hop genoich ge
ſoden ſuld ſyn. quā ſy heim vn̄ ſacht/lieuer Brūd yd haitz ge
noich/ſlach aff. Als ſy nu den ſyßkorff vur ſlüge vn̄ vßſchep
den/ſacht die magt/haiſtu vch hoppē dryn gedoin? ich vny m
noch geinen. vlenſpe. ſacht/vp dem grund wirſtu den fynden
Die magt fiſchde darna vn̄ kreich dat heufft vp der ſchup-
pen. vnd rieff luid/ey wat haiſtu dryn gedayʳ? der hencker drÿk
dat bier. vlenſp. ſacht/dat mich myn meiſter hies.dat des ich
dryn. vn̄ is andʳs nit dā hop vnſer hont. Jn dem quā dʳ Brüer
wail gedruncken ſagende/wat dued pr myn lieff kynd? Die
magt ſacht/ich weiß den diuel niet wat wir düen. Jch gieng

ein halff vre den dantz zo besyen/ vñ hieß vnsen newen knecht
den hoppen die weil gar syedē/ so hait he vnsen hontgesoden
hie mōgd yr besyen den rückgrait. Vlensp. sachr ya her/ yt hat
mich dat geheissen. yst niet ein plage; ich doin allet dat men
mich heist/ noch yst gein danck. Id syn welche Brüwer yd wil
len/ ded yr gesynd halff dat men sy hieß/ jn süld genōgen. Al-
so schied vlensp. van dannen.

  Wye vlensp. dry schnyd knecht vam fynster fallen
    macht. vñ sacht dē lüdē d' wynt het sy heraff geweit.

Ulenspegel quā zo
Brandenburch vñ
herbergde by dem marte
wail. viiij. dag. vnd hart
da neuen wonde ey schny
der/ d' hat dry knecht sitzē
op dem fynster neyen. vñ
wan vlensp. vurginck/ so
spotteden sy syn/ off wur-
pen jm ald placken nae.
Vlensp. sweich stil vnnd
wart d' tyt. vñ gegē einē
martdach segec vlenspic.
des nachtz des fynsters
pōst vndē aff/ vñ bmach
te dat mens niet merckē.
Ses morgens lachten sy die fynster op die pōst vnnd saissen
drup vnd neydt. Da nu d' se whiet bließ/ vñ yed man syn sew
vß dreiff/ da dreiff der snyd syn sew ouch vß. da gingē sy vñ
die fynster vnd reuen sich an die pōst/ so dat die pōst vß gedrō
gen wurde/ vnd dat fynster fiel ned: vnd die dry knecht butzel
den yn die straiß. Vlensp. nam eter war. do sy vielen/ da rieff
vlenspe. ouerluit/ syet/ syet/ da weit d' wint dry snyd knecht van
dem fynster. vñ rieff so hart dat ment hourt duer al den mart

Die lüid lieffen darzo lachten vñ spotten. Die knecht schamden sich/wüsten niet wie sy vam fynster waren komē. Jolest wurdē sijß gewar/dat des neōhangs pōst aff gesegt waren. vñ gedachtē wail/dat yd vlenspegel gedain hat. also spotten sy syn niet me.

Wie vlensp. sich zo eim schnyōr verdingd/
vnd vnß einer Büdden neyde.

VLenspegel bdingd sich zo Berlyn vur einen snyōr knecht Als he nuvp die werckstat saß/sacht ō meister/ Knecht wiltu neyen? so ney wail dat ment niet sehe. Vlensp. sacht ya. vñ nam die nailde vñ kruff onder ein Büdde/vñ stept ein nait dver ein knyei vñ began dar ōuer zo neyen. Der snyōr sach in an sagende/ Wat düestu dat is seltzam ney werck. Vlensp. sacht/Meister/yt sachtē ich süld neyen dat mens niet sege/ so e süit yd niemantz. Der schnyōr sprach/mein myn liever knecht/ hōr vp vnd ney niet me also. vñ ney dat men syen kan. Datt werde eynen dach off dry. darna quam yd vp die nacht/ō sny der was müed vñ wold slaiffen gain. do lach ey grawer rock da halff ongemacht/den warp he vlēspe. zo sagende/ Nym hyn mach den wolff vort vß/ vñ ganck dan zo bed. vlenspe. sacht ya. gait ner hyn/ich sal jm recht doin. Der meister günck zo bet/dacht nerges an. Vlensp. nam den grawen rock/sneit den vp/macht dair vß eine kop als ein wolff/ darzo lyff vnnd kein/ vñ sperde dat mit stecken van ein/ dat yd eim wolff gelych sach. vñ günck slaiffen. Des morges stoind ō meister vp vñ weckt vlensp. sich/do fant he desen wolff im gadem staß Der snyder vwondert sich. doch sach he wail dz yd gemacht was. da quam vlenspe. darzo. der meister sacht/ wat düuels haistu dair vß gemacht? He sprach /einen wolff/ als yr mich hiessen Der snider sacht/sulchen wolff meint ich niet. mer dē grawen buren rock nant ich einen wolff. Vlensp. sacht/liever

meijter/des en wijt ich niet. het ich aber gewijt dat vre meinū
ge also were gewejt/ich het lieuer den rock gemacht/dan denn
wolff. Nu der snyder was des zo fryddē. Also bezaff yd sich
duer vier dag dat der meijter eins auentz müed was vn wol
de zytlich slaiffen gain/doch ducht jn yd wer noch zo früe dz
der knecht zo bet süld gain. so lach da ein rock der was gema
cht bis an die armē. so nam der snyd den rock vn die ledige
armen/warp die vlenspe. zo sagende/ Wyrf noch die armen
an den rock/ vnd gāck dan zo bet. Vlensp. sacht ya/ vn hien
ge den rock an den haken/vn entfenckt zwey liechter an/an ye
der syde des recks/ vn nam eynen armē vn warff den daran/
vn geit an die and syde vn wirfft den andnoch daran. vn wā
zwey leichter vßgebrant wart/ so entfengd he zwey andn an
vn warff die armen an den rock die gantze nacht vyß bis des
morges. So stūnd syn meijter vp/ quam in den gadem gain
de. vlensp. kerd sich an den meijter niet/ warp allet vur hynn.
Der snyd sach jm zo sagende/ Wat duuel machstu vur ey
gen belspyl. Vlensp. sacht ernstlich/ dat is mir gein geuchel
spyl. ich hain die gantze nacht geworpen vn sy willen niet kle
uen. wer besser geweft/ ich het slaiffen gangt/ dā dat yr mich
sy hiessen yst an werpē/ wijte doch dat yd bloß arbeit was.
Der meijter sacht/ ys dat nu my scholt/ wijt ich du dat also
bstain woltz/ ich meint du sülz die armē an den rock neyen.
Vlensp. sacht/ des haue d dliud den loin. plegt yr ands zo sa
gen/ dā yr meynic wie künd ich dat so eur treffen. het yd die
meynūg so gewijtlich wöld die armē güt zyt angemeit hauē/
vn het vch ein par vren geslaiffen. so mögd yr desen dach syt
zen vn neien/ ich moiß ouch slaiffen gain. Der meijter sacht
nein niet also/ ich wil dich niet vur einen sleeffer halde. vn zāl
ten also mit einandn/ dat d meijter vlensp. ansprach vm dye
kerzen/ die süld he jm bezalen die he vbrant hat zo vnnuz.
Da nam vlensp. syn gereed vn streich hyn.

Wie vlenſp. die ſnyd ym gantzē Saſſen land be
ſchreiff/ße wōld ſy eȳ konſt lerē/die jn nützlich
ſyn ſüld vnd eren kynden.

Eyn bſamlungis ſnyd beſchreiff vlenſp. vß in die Wyn-
diſche ſteed/in Saſſen/als nemlich im lād zo Holſtey
pomeren/Stettin/Mecklenburch/zo Lübeck/Homburch
Wiſmar ꝛc. vnd ermaent ſy in dem brieff groiſſer gunſt. dz
ſy zo jm quamē in die ſtat Roſtick/ße wōld ſy leren ein kunſt
die jn vnd eren kyndē güt doin ſüld. Die ſchnyd in den ſtedē
flecken vñ dōrffert ſchreuē einanō zo/wat yr meynūg darzo
wer. Sy ſachtē ſy wōldē dar komē vp ein zyt/vñ quamē all
dar bſamelt. vnd einē yedō vlangt wat die kunſt ſyn mōcht
Da vlenſp. hoirt dat ſy komē warē/ließ ße ſy zo ſamē komē
So ſachtē ſy zo vlenſp. ſy werē dar komē na ſym bſchꝛyuen
dz ße ſy wōld ein konſt lerē/die jn vnd erē kyndō nütz ſüld ſyn
vñ beden jnī dat ße ſy fōrde vnd die konſt lerde/ſy wōldē jnī
ein güt geſchenck geuē. Vlenſp. ſacht ya/kumt al zoſamenn
alſo/dat ein yed dat van mir hōren mōg. Sy quamē al zoſa
men vp einē wydē plain. Vlenſp. ſteig vp ein huiß vnd ſach
zom fynſter vß ſagende/Erbert māner des ſnyd hātwercks
yr ſült mircken vnd vſtain/wāne yr hait ein ſcheer/den vnnd
garn/vnd einen fyngerhoit/darzo ein naildē/ſo hait yr gezü
ges geneich zo vrem hantwerck/dan vō ſchickt ſich ſelff ſült
yr vr hantwerck bruchen. Auer deſe konſt hauet vā mir gedē
cket myn daby/wāne yr die naildē geſedenit hauē/ſo vgeiſet
des nict/dat yr an dat and end einē knodē machē. and ſtecht
yr manchē ſtich vzeefs. Eyn ſnyd ſach den andō an/ſachten
vndeinandō/Doeſe kunſt wiſſen wir al vur wail. vñ allet dat
ße vns geſacht hait. vnnd fraegdē jn oſf he wat me zo ſagen
het/dā vm die fantaſye wōldē ſy nict .x. oſf .xij. mile na gezo
gen ſyn/vnd einandō bſoit hauß. Vlenſp. antwort jn/Wat
vur duſent jaren geſchiet wer/gedecht niemant. wer jn dat nit
zo dauck/dat ſyt dan vur vnwiſſen vpnemē/vnnd yetlicher

hyn ging/da he her komē wer. Die snyd wurdē zoznich vp jn
die wijt dat komē warē.werē gern by jn gewest/auer sy moch
ten niet tzo jm komē. So gingē sy wed heim. die van heym
hattē waren vnwillich.die da wondē/lachtē vnd spottē ð an
dem/vnd sachtē yd wer yt selffs scholt.warumb sy dem lant
narren gloust vnd gefolgt hettē.dan sy lang wail gewist het
ten/wat vlensp. vur ein fogel wer.

Wie vlensp. wolle slüg an eym hilgen dag

Ulenspegel quā gen Stendel/verdingt sich by eyn wul
len weuer.am sondag sacht der meister tzo jm/ Lieuer
jong/yz gesellen halt einē fyrdach am maendag/welcher dat
deit/den hain ich niet gern in myner arbeit/he müß die woch
vß arbeydē. Ulenspe.z.sacht ya meister/dat ys mir lieff. Da
stoind vlensp. des maendags vp vnd slüg woll/vnd des d in
stags ouch. dat gefiel dem meister wail. So was am gudes
dag eins apostels dach/dat sy fyren müstē. vlensp. dede off
he des niet wyst./stoind des morges vp vnd slüg wolle dart
ment ōuer die gantze straiß hoirt. Der meister wuscht vß dē
bed vn sacht tzo jm/hōr vp/hōr vp/yd is hillich dach. Ulē
spe. sacht/lieuer meister/yr vkūndichtē mir doch am sondage
geinē hilgen dach. mer yr sachtē/ich süld die gātze woch vß ar
beidē. Der meister sacht/Lieuer knecht/dat meint ich niet al
so. sond hōr vp. wat du den dach künz bdienen/dat wil ich
dir glüch wail geuē. Ulensp. was tzo frydē/vñ hielt des auētz
collacye mit dem meister. Da sprach der weuer tzo jm/dat id
jm wail vā handē gieng dat wollslagē/mer be inliest sy wat
hōger flagen. Ulenspe. sacht ya. stoind des morges früe vp/
vñ spande den bogē bout an die latzen/vñ sat daran ein leyd
vnd steich hyn vp.macht dat die roid nafolgē konde bis vp
die hurt/vñ hoild dan die woll van ð burt/die stoind vp der
erdē/bis an den süller. vnd slüg die woll dat sy dat gātz huiß
durch stoue. Der meister lach am beth/hoirt dat he ym niet
recht dex. stūnd vp vnd sach jn an. Ulensp. sacht/meister wie

B iij

dänckt euch/ls dat hoe genüg. Der meister sacht/ stüentz da
vp dem dack/so werstu noch hoger wan du so wilt/so slüege
du sy wail vp dem dach. vn̄ geit damit vß in die kirch. Vlen
sp. dede na den worden/nam den Bogen vn̄ steich vp dat dach/
vn̄ sleit die woll vp dem dach. Der meister bnam dat vp d'
gassen/quam bald louffen sagende/ Wat diuels deistu?Hör
vp.plegt men die woll vp dem dach zo slagen?Vlensp. sacht
wat sagd yr nu:yr sachte doch/yd wer beiser vp dem dach/dā
vp d' leyd'n:want dat wer noch hoger. Der weuer sacht Wil
tu wol slage/so slach syt wiltu narrery driue/so dryf sy/schuch
vam dach vn̄ schyß by die hurt. do ginck d' weuer aff in dem
hoff. vn̄ vlensp. steich endliche vam dach vn̄ geyt by die hurt
schijssen einen groissen dreck dryn.Der weuer quam vß dem
boue vn̄ sach dat he sitt els by die stoue. vn̄ sacht/dat dir nūm
mer gut geschye/du beis als die schelck al doint. Vlensp. sacht
Meister/ich doin doch and's niet dan dat yr mich geheissen
hait. Ir sachte ich siild vam dach stygen vnde schijssen by die
hurt. warum̄ zūrnd yr darum̄?ich doin als yr mich heissen.
Der weuer sacht/du schyß mir wail vp den kop vngeheissen
nym den dreck/drach jn an ein ort/da jn nemātz hauen wyl.
Vlensp. sacht ya.nam den dreck vp eine stein/droig den in die
spoß kamer.do sacht d' weuer/Laiß jn dair vß/ich wil jn niet
da hain. Vlensp.sacht/dat weiß ich wail dat yr jn da niet ha
ue wilt/vn̄ niemātz wil jn da haue. noch doin ich als yr mich
heissen. Der weuer wart zornich slieff zo dem stall/wold vlen
spe.mit eim schyd an den kop slagen. Da ginck vlensp. zom
huiß vß sagende/kan ich dan nergens danck vdienen. Der
weuer wold dat holtz endlich ergryffen vn̄ beschciß die hend
gantz. Da ließ he den dreck fallen/lieff zom pütz vn̄ wüsch syn
hend/die weil ginck vlenspe.dryuen.

    Wie vlensp.sich zo eym pelger verdingd'
        vnd jm in die stoue scheiß.

Ins marlz quam vlenſp. gen Aſcher laien ym winter/ was diire zyt/vñ gedacht wz wil tu anfain dattu vyß dem winter komeſt: da wz nie mãt d' eyn knecht bedorfte. ſond eyn peltzer was da wold einen peltzer knecht anneme. Vleſp. gedacht wz wiltu doy yd wyntert du muſſ lyde wattu kanſt Vñ bding ſich dem pelger vur einē knecht. Als he nu an die werckſtat gyng ſitzen peltz zo neyen wz he des geſmacks niet gewon/vñ ſacht fy!fy/biſtu ſo wyß als knyt/vñ ſtinckſt duel als dreck. Der peltzer ſacht/ ſmackſtu dz niet gern vñ geiß dar ſytzen/dat yd ſtinckt/is naturlich van d' wollen die dat ſchaiff hait an d' rechter ſyde. Vlenſpe. ſweich vñ gedacht/ ein böß plegt dat and zo vd: yven. vñ ließ ſo ein ſaren furtz/ dat der meiſter vñ ſyn fraw ere naſen zo hielde. vñ der meiſter ſacht/ wiltu ſure fürtz laiſſen/ ſo ganck uß der ſtouen in den hoff vñ ſchyß da ſovil du wilt. Vlenſpegel ſachte/ dat is eim minſchen vil naturlicher zo geſuntheit/ dan der geſtanck van den ſchaeffs fellen. Der peltzer ſprach dat ſy geſunt aber nich wiltu fyſten/ ſoe ganck in den hoff. Vlenſpezel ſprach/ meyſter yd is bloten/ alle fürtz willen niet gerne in der kelden ſyn. Dan ſy ſynt alle zyt in der wyrmden. vnd is dat die vrſach, laiſt yr einen fürtz/ he geit vch bald weder in die naſe/ in die wermde da he uß kome is. Der meiſter vnam wail dz he mit eym ſchalk belade wz. gedacht he wöld jn niet

lang bruchen. Vlenſp. ſaß fortan vnd neyet vñ warff vß vñ
hüſte dat hair vß dem mond. Der peltzer ſach jn an vñ ſwe
ich bis des auentz dat ſy geſſen hatten. ſacht do zo jm/Lieuer
knecht/ich ſien wail dat tu by deſem hantwerck niet gern byſt/
mich dünckt du ſyſt gein rechter peltzer knecht/want du byſt
des wercks niet gewan. Hetztu daby niet me dã iiij. dag geſlaiſ
ſen/ſo rümpſtu dich niet alſo dauã. Darum myn lieuer kne
cht/luſt dich niet me hie zo blyuẽ/ſo machſtu morgen gain.
Vlenſp. ſacht/lieuer meiſter/ wölt yr mir gunnen dat ich. iiij.
nechte by dem werck ſlieff/dann ſegd yr wat ich do in möchte.
Des was d' meiſter zo freden. dan he bedorfft ſyn. vnnd kond
vch wail neyen.

Wie vlenſp. eim peltzer in den peltzen ſlieff drüig
vnd naß/wie jn der meiſter geheiſſen hat.

Der peltzer ginck frölich ſlaiffen. Vlenſpe. nam die berey
te fell/die vp den ricken hingẽ/vñ nam die drüig fell dye
geledert warẽ/vñ die naſſen/dreit die zoſamen vp die leuff/vñ
krüifft mitten dryn/ſlefft bis des morges. Der meiſter ſtünt
vp/ſach d' dat die fell vã den rycken waren/lieff bald zo vlenſp.
vp die leuff/vnd wold vlenſpe. fragẽ/off he niet van den fellẽ
wiſt. do fant he vlenſp. nit. vñ ſach dat die peltz drüg vñ naß
by ein lagen vp d' leuuen/eine durch den andn her. da wart he
ſer bekümert/vñ rieff mit ſchryend ſtymen d' frawẽ vñ magt
van dem roiffen erwacht vlenſp. wuſcht vp vß den peltzẽ ſa-
gende/Lieuer meiſter wat is vch dat yr ſo hefftig rüfft. Der
meiſter verwondt ſich/wiſt niet wat in dem hauffen peltz vnd
fell was/ vnd ſacht/Wa biſtu. Vlenſp. ſacht/ hien bin ich.
Der meiſter ſacht/dz dich nümer glück beſtae/ haſtu die pel-
tze van den ricken genümen/die drüg fell. vnd die naſſen vß
dem kalck/vnd her zoſamẽ gelacht/vnd vderſo mir ciut mit
dem andn. wat is dar vur ein fantaſy? Vlenſp. ſacht/wie mei
ſter wert yr darum zornich? ich hain niet dan ein nacht dryn
gelegẽ. ſo wurt yr vil böſer wan ich die iiij. nechte dairin ſlieff

als gene nacht sachte/dat ich des wercks niet gewan wer. der
pelger sacht/du lüge als ein schalck/ich hain dich niet geheis
sen/dartu die bereite fel sültz vp die leuff drage/vn die nassen/
vn dairin slaiffen. vn sücht eine stecken/vn wold jn slain. dye
weil ginck vlensp. van d' trappe/vn wold ner doeren vßlouf
fen. Da quā die fraw vn magt vur die trap/wolde jn halde
da rieff he luid/laist mich gain na dem artzt/my meyster hait
ein Bein zobrochen. Da liessen sy jn gain. sy lieffen die trapp
vp/vn der meister quā die trap aff/vn lieff vlensp. haestlichē
na/vn felt fraw vn magt darnieß dat sy al drli by einand la
gen. Also lieff vlensp. ner dueren vß.

Wye vlenspegel zo Berlyn macht eyn
pelger wolff vur wolffs pelg.

Beswaur synt ly=
tige liind/doch et=
lige synt geneygt
me vp dat suiffen/dan vp
yr arbeit. Op ein zyt won
de ein pelger zo Berlyn/
d' was ein swaef/vn was
ryns ampts ser künstrich
vn güd ansleeg. wz ouch
rych/ Vnd hild ein güde
werckstat. dā he mit siner
arbeit an jm hat den fur
sten des latz/die rytters ch
afft vn burger. Id begaf
ich dz d' fürst eine groisse
hoff mit renne vn stech
des winters halde wold. dartzo he syn rütterschaft vn and he
ren beschreiff. als dan gemer d' hinderst syn wil/wurde vp die
zyt vil wolffs pelg by dem vurß. pelger zo mache bestalt. dz
wart vlenspegel gewar/ quā zo dem meister/ vn begerd ar=

Beit. Der meister was vp die zyt suner froe. fraegde jn off he wolff machen kund. He sacht ya, des wer he wail bekant im Sassener land. Der meister sacht, is so kum stu mir euen recht kum her, des loins willen wir eins werde. Vlensp. sacht ya meister ich sien vch wail so redlich an, yt wert myn arbeit sellics bekennt wan yt sy syet. Ich arbeydt ouch niet by den anderen gesellen. ich muß allein syn, is machen ich myn arbeit na willen vngeyrret. Also gaff he jm ein stoeffgen allein vn lacht jm vur vil wolffs huid, die geheret vn zo peltzen bereyt waren, vn gaff im die maiß van yetliche peltz grois vn clein Da ginck Vlensp. die fel an, vn schneid zo, macht vß al den fellen yoliche wolff, folt die mit hew macht jn dein van stecke als off sy leefde. Da he die fell al zo schnede hat vn wolf dair vß gemacht, sicht he, Maister, die volff synt bereit, ys ouch me zo doin. He sacht, ney sy vp dat best du kans. vn gyck in die stoue, da lage die volff vp der erde clein vn grois. Die sach d meister an sagende, wat sal dyt syn, dat dich die ryd schud, wt groissen schades haist u mir gedain. ich wil dich laissen fange vn straiffen. Vlensp. sacht, Meister is dat myn loin dan, ich hain dat na vren worde gemacht, yr hiessen mich wolff machen, het yr gesacht, mach mir wolffs peltz, dat het ich ouch ge doin. het ich gewist dat ich niet me dancks vor ein sild hain, ich wold so groissen fluß niet gebrucht haue. Also schied vlen spg. van Berlin sonder loff. vn quam gen Leiptzich.

Wie Vlensp. zo Leiptzich ey leuendige katz neyde in ein haesen fel, vn den peltzere in eim sack vur einen leuendigen haesen verkoufft

Gstring kond Vlensp. einer bouweryen geraden, als he wal beweiß zo Leipsich den peltzeren an d fastnacht, als sy zosame yt gelaich bielde. So hette sy gern wilbrait gehait. Dat vnam Vlensp. gedacht, d peltzer zo Berlyn hait dir nit geloint, dat sullen dir doese peltzer betzalen. Also ginck he yn

ſyn herberg/da hat der wirt ein ſchön katz.die nam vlenſpeg
vnd ſinen rock.vñ bat den koch vm ein haſen felße wold da
mit ein hilepſche boueryc doin.Der koch gaff jm ein fel.Dar
in neide he die katz/vñ ded buren cleid an/ſtod vurt tauthuiſ
hield dat wilbrat vborgē vnd ſym kedel/da quā ein pelger
her loupēden fraegd vlenſp.off he niet einē glidē haeſen gül
de/ließ jn den vnd dem kedel ſyen.He gaff jm.iiij.ſiluere groſ
ſchen vur den haſen/ vñ.vj.penninck vur den ſack da d̄ haeß
in was.vñ droig den in yre zonfftmeiſters huis/da ſy al by ey
and ware.ſacht mit groiſſem geſchey/ße het einē ſchōnē leuen
digen haeſen koufft.den woldē ſy hant an dem faſtelauenti
vñ lieſſen jn louffen in eine graßgardē ho ſldē hond/woldē ſo
kurtz wylen.die hond lieffen dem haeſen na.Als d̄ haes nu
niet entlopen kond/ſprack he vp die beum/rieff mawau.Da
die pelger dat ſage/rieffen ſy/ Ir leue ſtalbrüd̄/der vns mit d̄
katzen begeckt hait.den ſlagt doit.Auer Vlenſpe.ydeit ſich
vñ macht ſich dauan.

Wie Vlenſp.einē wyn
zepper zo Lübeck bedro
ge/gaf jm ey kan waſſers
vur ein kan wyns.

Lenſpegel hild ſich
gebürlich vñ clöck
lich/ as he zo Lübeck quā
dat ße da niemāt bouery
ded/dan ein ſcharp rech̄e
da is.So was ein vĩ
zepper da vß raitzkeller
ein homüe dich man/ließ
ſich düncken/nemantz ſo
wieß wer als he vñ ſacht
dz ſelffs/jn geluſt ein mā

zo ſien/d̄ in bedriegen ſuld. darum̄ was he vhaſt. Als nu vlē
ſpegel hoirt deſen homūt/vn̄ kond ſinen ſchalck niet langer v̄
bergen. gedacht du muſs vſochen wat he kan. He nam ij wa
gelicke kannen. des die ein vol waſſers/vn̄ liess die ander ledich
die mit dem waſſer vbarch he vnd den rock. die ledige droich
he offenbair. vn̄ geit mit der kannē in den wynkeller. er liess jm
meſſen ein kan wyns/vbarch die vnd den rock/vn̄ zuicht die
waſſer kan herfur ſatzt ſy vpt bret dat heyt niet merckt/ vnd
ſacht/ Wynzepper/ wat gilt der wyn. vij. pennynck ſacht he.
vlenſpe. ſacht he is zo diur/ich hain niet me dan. viij. pennyg
mach ich jn darfur hain. He wart zornich ſagende/ Wiltu
minen herē den wyn ſchertzen? dat is hie eȳ geſatter kouff. wen
dat niet gefelt/ d′ lais den wyn ym keller. Vlenſpe j. ſacht/ dat
muſs ich wail leren/ich hain niet dan. viij. penninge/ wild yt
die niet? ſo ſchut den wyn vſs. Da ſchut he dat waſſer oven zo
dem pontloch wed′ in/meint yd wet der wijn geweſt. ſagende
wat biſtu vur ein geck? leeſtu wyn tzappen vn̄ kans den niet
betzalen. Vlenſpeg. nam die kan̄/ ginck hyn ſagende/ Ich ſyen
wail dat tu ein geck bis. yd is nye mātz ſo wijs/ he en werd vā
den gecken bedrogen/ vn̄ wan he ſchoin ein wynzepper were.
ginck damit hyn wech. drugh den wijn mit jm mit der lediger
kannen.

Wie men vlenſpiegel hencken wold zo Lubeck/
vn̄ doch mit behend′ ſchalckheit dair vā quā.

DEr wynzepper hoirt die wort die vlenſp. ſacht do he vſs
dem keller ginck. geit hyn vn̄ kreich einē richter bodē vn̄
leuffen vlenſpegel na vn̄ kregen jn vp der ſtraiſſen. Der rich
ter boid greiff jn an/ vn̄ fond die zwa kannē by jm/ die ledige
vnd die mit dem wijn. Da ſprach ſy jn an vur einē dieff/ fur
ten jn int gefenckniſs. So ſachtē etliche he het den galgē ver-
dient. etliche ſprachen/ yd wer niet me dan ein ſubtile bouerye.
ſachtē/ der wynzepper ſuld vpgeſien hauā/ als he dan ſprecher
dat jn niemātz bedriegen kund/ vn̄ dat het vlenſp. gedoin vn̄

ſiner vmeſſenheit willen. Auer die Vlenſp. haßden ſachten
dat wer ein boueriſche möſt drum hangen. vñ wart burtelt
zom galgen. Als der gerichtz dach quā dat mē vlenſp. vßfüe
ren vñ hencken ſold/was yedman vp tzo roß vñ zo fůß/alſo
dat dem Raid van Lübeck leid was/dat he in affgedrongē
wurd/vñ blenzdent dat he niet gehangē wurd. Etliche wol
den ſyen wie he ein end nemē wurde: na dem he ein auentürer
geweſt was. Etlige meintē he künde mit der ſwartzer konſt
vmgain/dat he ſich damit entledigē wurd. vñ dat meiſte dů
gunte jm dat he ledich wurd. In der vßfüerung was vlenſp.
gantz ſtyll/ſprach niet ein wort/des ſich yedman vwonderde
meintē he wer bzwyfelt/dat werd bis an den galgē. Da hieß
he den gantzē rait tzo ſich komē. bat gar oitmödlichē ſre jn
wöldē einer bede geweren/he wöld ſy vm lijff noch leuen byd
den/vñ gelt noch gůt/ſonē etwas gütz na zo doin/geyn ewige
meß/noch ſpende/noch ewig gedechtnis/ſonē ein gering ſach
dat nen ſchadē wad zo doin wer/vñ ſy wail doin kündē aen
eins pennyncks koſtē. Die raitz heren gingen zo rayd/wurde
zo fryde wolde jm ſiner bede folgen/na dem he vur vß gedin
get het. vñ baugden etlige ſeer wat he biddē wöld. vñ ſachten
zo jm/wat he begerde dat ſüld geſchien/ſo wijt he niet biddē
wöld vß den artikelen die he vur erzelt het. Vlenſp. ſacht/dye
artikeln die ich vch erzalt haue/wil ych niet biddē. mer wilde
yr mir haldē darum ich vch biddē/ſo reckt die hend vp. Dat
deden ſy/vñ geloiffden jm dat. So ſacht he/ Ir etliche heren
van Lübeck/ſo yr mir geloifft hait/ſo is myn bede/Wanne
ich nu gehangē bün/dat dan dē wynzepper will komē.iij. mor
gen na einandē/der richterbode vnd ſchelmen ſchind darnae/
vñ die ffhencker/vñ küſſen mich in den arß. Da ſpegen ſy vß
ſagende/Dat wer niet ein zymliche bede. Vlenſp. ſacht/Ich
haldē den erlichē rait ſo redlich/ſy haldē mir wat ſy mir zoge
ſacht haue. Sy gingen darōuer zo raid/ſo dat mit gunſt vñ
andrē zofallenden ſachen watt beſloſſen/dat ſy jn lieſſen gain.
J iij

Wie vlensp. einē fleischhewer zo Erffort vm einen Braden bedroig.

Ulenspegel kond syn schalckheit niet laissen do he zo Erfort quā. da gieng he eys durch dat fleisch huis/ da sach te eyn metzler zo jm/ dat he wat nyt jm heim dröge. vlenspe. sacht/ Wat sal ich mit neme. Der metzler sacht/ einē Braden. Ulensp. sacht ya. nam den braden/ gieng mit hyn. Der metzler lieff jm na sa gende/ Nein niet also/ du muß den braden bezalen. Ulensp. sacht/ van d' Bezalūg hauen yr mir niet gesacht sonder yr sacht/ off ich niet wat mit mir nemē wolde/ vn her ju gewesen vp den braden. dat he den mit jm neme zo huiß/ dat wold he mit synē naberē bewysen/ die da by stunden. Die an der metzler quamē darzo sagende/ Ja yd is wair. dan sy warē jm gehaß. want als yemātz quā zo den andrn metzleren vm wat zo geldē/ so rieff he den luden zo jm/ vn zoigh in die aff. darū stifften sy darzo. dat Ulenspey den bradē behield. Die weil der metzler also zenckte/ nam vlensp. den Braden/ gynck heim. ließ sy sich des vdragen.

Wye vlensp. zo Erffort noch eins ten metzler vm einen braden bedroig.

Nae acht dagen quam vlenspe. wed in die fleischbanck. Da sprach der selff metzler vlensp. weder an mit spey worden/ kum wed her hoil einen braden. Ulensp. sacht ya/ wold na dem braden tasten. Da nam d' meister den bradē endliche zo jm. Ulensp. sucht/ beyd laiß den braden lygē/ ich wil jn bezale Der metzler laist den brad wed vp die banck. So sacht vlēspe. zo jm/ Is dat ich dir ein wort sage/ dat dyr nützlichē syn wyrt/ sal dan d' braid myn syn? Der metzler sacht ja. auer du mochtes mir sölche wort sage die mir niet vil nütz weren/ off mir wail queme/ vn wölz dan den braden hynnen kūnein. V lensp. sacht/ ich wil den bradē niet anrüeren/ myn wort en gefal

len dir riſt. vñ ſacht me. Ich ſagen alſo/wail vp her Büdel vñ
Berzail die lind/wie gefelt dir dat. ſmackt dir dz nit? Ser metz
ler ſacht/die wort gefallen mir wail/auer ſy ſmacken mir niet
So ſacht vleſp zo den byſtenderē/Lieue fründ ſo is d' braid
myn. Vlenſp. nam den Braden/ſacht zom metzler mit ſpot/nu
hain ich auer einen Braden gehoilt/als du mich hieſch. Ser
metzler ſtund wiſt niet wat zo ſagen. dan he hat gheſacht. die
wort gefallen mir. haue den ſpot zom ſchadē ſprachen ſyne
naberen die by jm ſtunden vñ lachten ſyn darzo.

Wie vlenſegel zo Dreeſen ein ſchryner knecht
wart/vnd niet vil dancks verdiende.

Vlenſpegel quam zo Dreſen vnr den Bemerwalt an d'
Elue gaff ſich vß vur eynen ſchryner knecht. da nam ju
ein ſchryner an der bedorfft nodich ſyn. dan ſyn geſellen hat-
ten vß gedient vñ zogen da hyn. Nu wart ein bruloff in der
ſtat/dat was der ſchryner vp gelade. So ſacht he zo vlenſp.
lieuer knecht ich muß zo der bruloff gain/vñ kome by dage
niet wed'. arbeid fluſſich. breng die vier bred zo dem Tryſoir
vp dat genau weiſt zo ſame in den lym. Vleſp. ſacht ya. Wel/
che bred gehoren zo ſamē? Ser meiſter lacht jm vp einand'r
die zo ſamē gehourt/vñ ginck mit ſyner frawē zer hochzyt.
Vlenſpegel d' froim knecht der ſich algyr me fleiß ſyn arbeit
verkert zo doin/dan recht/ſyeng an vñ durch borte die ſchone
kruſediſch. off Tryſoir bred/die jm ſyn meiſter vp einand' ge
lacht hat an dryn off vier endē/vñ ſloig ſy in bretlocher vnd'
bhylde ſy zo ſamen. vnd ſont den lym in eym groiſſen kiſſell/
vnnd ſtach die breder darin/vnnd broig die euen in dat huis
vnd ſtieß ſy ouen zom fynſter vß/dat der lym an der ſonnē
heiligen ſold. vnd machte zyrlich fyrauent. des auentz quam
der meiſter weder heim/vnd hat wail gedroncken. vñ fracg do

vlenſp. wat he den dach geärbeit het. Vlenſp. ſacht, meiſter/
ich haÿ die vier diſch Bred vpt neuweſt in den lym Bracht, vnd
By gud tzyt fÿrauent gemacht. Dat gefiel dem meiſter wal
ſagende tzo ſyner frouwen Dat is ein rechter knecht, dem doe
güetlich, den wil ich lang Behalden. vnd ginck ſlaiffen. Auer
des morges hies d' meiſter vlenſpegeln den Bereitz diſch Brin-
gē. Da quā he van d' leuwē mit ſyner arbeit. Da der meiſter
ſach, dat he jm die Bred verderſt hat, ſacht he, Knecht, haiſtu
ouch ſchryner hantwerck gelert. He antwort, wie he des fra
gede: Ich frage drum/wattu mir ſo güde Bred v'derfft hayſh.
Vlenſp. ſacht, liever meiſter, ich hain gedoin als yr mich hieſ
ſen, yſt v'derft, dat vr ſcholt. He wart tzornich ſagende, Du
ſchalcks narr ganck vſh myner werckſtat, ich hain diner geyn
nutz. Alſo ſchied vlenſp. ſond danck.
     Wie vlenſp. ein Brylmecher wart.

EP ein zyt waren die Churfurſtē zwey drechtich einē Rō
miſchen Konunck tzo erwelē, do wart d' greeff vā Sup
plenburch tzo Romſchem koning gekoren. doch warē andn̄
die meintē mit gewalt ſich in dat rÿch tzo dringē. So muſt de
ſer new gekoren koninck ſich ſeſh maende vur Franckfort legē
vn̄ wattē da wer jn vpſlog. Als he nu groiſh volck By jm hat
gedacht vlenſp. dahyn komē fremde here, die laiſſen mich vn
bezaifft niet. kriegen ich yre wapē dan, ſo ſtain ich wail. vnd
macht ſich daſhyn. Do zogen die here vſh allen landē da hyn.
Jd Begaff ſich in d' Wederau By Fryburch, dat d' Biſſchoff
van Trier mit ſym volck, vlenſpiegele vp dem weg na Frāk
fort vondē. He was ſeltzam gecleit, do fraegd jn d' Biſſchof
wat he vur ein geſell wer. He ſacht, Gnediger her, ych Bin ein
Brylmecher, komē vſh Brabant, vn̄ het gern tzo arbeidē, ſo ys
gar niet tzo doin vp vnſem hantwerck. Der Biſſchoff ſachte,
Ich meint dyn hantwerck wurd van dag tzo dag Beſſer, vr-
ſach, dat die lüid vā dag tzo dag ye kranker werdē, vn̄ an dē
geſicht affnemē, deſh halven mē vil Bryl Bedörfft. Vlenſp. ſacht

va gnediger herr/vñ genaid sagt wair.auer einerley vder sst vns hantwerck.wan ichs sagen do:sst aen vrenzorn. Neynn sacht d' Bisschoff/sag fry hyn.Gnediger herr/dat vdrisst dat Brucken machen/dat yr/vnd and groisse heren/Paesse/Cardinael/Bisschoff/Kerser/Konink vñ fursten syent nu durch die finger.auer vnr alden zyden synt men beschreuel/dat dye herē vñ fursten al/in rechten plagen zo lesen vñ studertē/vp dat nyemantz vnrecht geschege.darzo gebruicht sy vil kryll do was vns hantwerck gut. Ouch studierden die paffen mee dan nu.nu synt sy so gelertt/dat sy yr gezyd van buissen konnē/ vñ yr Bucher in.iiij.wochen kum eins vp doint.darum muß ich louffen vß eym land ynt ander/vñ kriege met zo arbeyden Syt brucken ouch die Bure vp dem land. Der bisschoff ver stoind die meynūg/vñ sacht/volgh vns naegen Franckfort/ wir willen dir vns wapē vñ kleydūg geuen. da zoich he mytt jm hyn ewech.

Wie vlenspe. zo Hidesßheim sich zo eym kouffman vur einen koch vnd stouen hytzer vdinget.

Bj dem hewmart wonde ein rycher kouffman/d' gi'e eins mails vß ar porte in syne gardē spaceren.vnd wegen sant he vlenspe.ligen vp eim gronen acker he groit jn/fraegd jn/wat he vur ein stalbrod weer wat syn hādwer. Dem vlesp.mit becrckter schalkheit vñ cloecklichen antworde.he wer ein kuchen jongh/het geynen dienst. Der kouffman sacht zo
K

jm. Wőltz du fruṁ syn/ich wold dieß düngen vñ dir new clei
der mache̅.dan ich ham ein fraw die al dag kyfft vñ dz koch
en. Vlensp.gelouso jm trew vñ froṁicheit.darnp nam jn ď
kouff.man an.fraegd jn wie he ḫieß. Her ich ḫeissen Bar.tḫo.
lo.me.us. Der her sachte.Dat is ein lanck naem̅ men kan den
niet bald nenne̅/du salt Doll ḫeissen. Vlensp. sacht ya liever
joncker,so gilt mir glych wie ich heiß. Walan sacht der here
du bis mir ein recht knecht.kum/ganck mit in mynen garde̅ /
wir willen krupt süechen jong hőner mit zo füllen.dan ich en
sondag geste gelade̅ hain.den wőld ich gern gütlich dein. Sy
ginge̅ in den garde̅/brache̅ rosemaryn in die hőner zo füllen
vp welsche manier.etlige mit ufflocḣ,e,erk vñ andn kriiden.
ginge̅ do heim.Als die fraw den seltzame̅ gast vã cleydunge̅
sach,fraeg sy wat dat vur einer wer/wat he mit jm do in wől
de.off he sorgd dat broit würd schymlich. He sacht ,fraw bis
zo frede̅/he sal din eyge̅ knecht syn,he is ein koch. Die fraw/
ya lieuer/he süld wail güt dinck koche̅. Bys zo frede̅ sacht ď
her,du salt morge̅ wail syen wat he kan. Vñ rieff vlenspegel̅
Doff. He anwort joncker. Nym eine̅ sack:ganck mit na ynt
fleisch huiß,mit willen fleisch zō brade̅ hole̅. He folgd e jm.
Syn joncker galt fleisch vñ eine̅ brade̅/vñ sacht zo jm. Sol
lege den brade̅ morge̅ bald zo/laiß jn kuel vnd lancksam aff
brade̅,dat he niet vbroe.dat and fleisch setz ouch by zyß zo.
He sacht ya.stünd früe vp,satzt die kost zom fyyr.sond den
braden stach an spyß,lacht jn tüssche̅ zwey faß ein becks biers
in den keller/dat he kuel lege vñ niet vbrente. Nu hat ď here
den statschryver vñ and güd fründ zo gast gelade̅.quam vñ
wold besien off die gest kome̅ wer/vñ die kost bereit wer/fra
gede he sine̅ knecht.he sacht,yd is al bereit/sonder der brade.
Wa is der braid dan sprach ď her. He ligt jm keller tüssche̅
zwen vassen ,gein kueler stat wist ich niet/als yr mich jn ḫies-
sen legen. Is he dan ouch bereit. Neyn sacht vlensp.ich wyst

niet wäne yr jn hauß woldē. Jn dem quamē die gest/den sack
te he van sym nüwē koch/wie he den braden in keller ghelacht
het. des lachtē sy vn machtē ein schympf druiß. Auer die fraw
was des niet zofredē vn der gest willē/vn sacht/der her süld
den knecht laissen gain/sy wöld jn niet langer hauē. sy sege dz
he ein schalck wer. Der her sacht/Lieff fraw bis zo fredē/ich
werdē syn bedorffen ein reiß gen Goßler/wan ich weß komē
dan wil ich jn laissen springē. naw kond he die fraw ouerre-
den/dat sy zo fredē wer. Sy aissen vn droncken/vn warē gū-
der ding/des auentz sacht der her/Soll beread an wagē zo/
smeer den/mit willen morgē gen Goßler faren/yd is ein paf
heist her Henrich hamenstedes is da/daheim/ d' wil mit fa-
ren. Vlenspegel sacht ya. fraegd wat salm hei darzo nemē sülde.
Der her warp jm einē schillinck dar sagende/Ganck gilt kar
ren smer vn laiß die fraw alt set darumb doin. He ded dz. vn
do yedman slaiffen was/besmerde he den wagen binnē vnd
buissen/am aller meistē da men sytzē sold. Des morges frue
stünd d' her vp mit dem paffen/vn hieß Sol die pert anspan-
nen. dat ded he. Sy saissen vp vnd füren da hyn. So sachte
der paff/Wat den galgen is hye so fettich wold mich halden
dat mich der wage niet so swenckede/vnd beschyssen die hen-
de aller ding. Sy hiessen Sol halden/vnd sachten zo jm/
Sy weren beyde hynden vnd vur besmert/vnd wurden zat
nich ouer vlenspegeln. Jn dem kümt ein buir mit eim wagen
vol ströß/vnd wold zo mart faren. dem guldē sy wat ströa
aff vnd wuschden den wagen/vnd saissen wed' vp. Da sacht
der joncker zornichlichen zo vlensp. Du verlaissener schalē
dat dir nümmer gelück geschye/faer vort an den liechsten gal-
gen. dat ded vlensp. Da sach he einē galgē/dar für he vnder
vnnd hield da bald stylle/vnnd spyen die pert vyß. Zo dem
sprach der kouffman/Wat wiltu machen du schalck? vlensp.
sacht/Jt hiessen mich vnd den galgē faren/da synt wir/ych

K ij

meunt yr wolte hic resten. In dem sack der kouffman vß dem
was jen ids ware sy vnd dem galge. do lachten sye d̄ bozeryen.
Vñ der kouffman sacht/ Heng vur du schalck/vñ fart vort
recht v. iß y n sich dich niet vm. In tzoitz vlenspeg. den nagel
vß dem len zwagen. als he do eui acker langd wegs gefarenn
was/qnick der wagen vn einand/dat kind gestell bleiff stain
vñ vlenspe. fur vur sich hin. dem sy na: ieffen vñ lieffen bis sy
jn kretze. Der kouffman wold jn doit flain/do halff jm d̄ pas
so he beyt kond. Sy volbrachte die rei,i/quame wed gohuntz
Do fraegd die frau/wie yd jn erganzē wer. Selzā genoich
sacht d̄ kou,fman/doch wir komen wed.rieff damit vlenspe-
gelen sagende.companion.dese nacht blyff hie is vnde drinck
dich vol. morgen ruym dat huis.ich halden dich niet langer/
du bis ein bedriegend schalck, wa du yr her queems. Vlensp.
sacht/ Liever got/ich doin allet dat men mich heist/noch kan
ich niet recht doin.gelieffd och myn dienst niet me/so wil ych
morgena vren worden dat huis rumen vñ wandelen. Dat
doe also sacht he. Des andn morges stoind d̄ kouffman vp
sacht vlenspegdn/ys vñ drinck dich sat, vñ vsich dich nich gar
in die kyrch.lais dich niet wed fynde. Vlensp.sreich.so bald
he vß dem huis quā. ruym he stück/disch/benck, wat he sleif-
sten kond. Bracht he vp die straisse. kuffer, tzin/vñ waess dat
die naberē sich t'wonderde, wat dat bediite. Jo wart dem he-
ren gesacht. d̄ quam louffen sagende/ Du fromer knecht wat
deistu. bistu noch hier? Ja joncker/ich wold erst vren wisseu
erfullen.yr hiessen mich dat huis rumen, vnd dan wandelen.
Vnd sacht. Grijfft mit der hant tzo/der last ie mir tzo swere/
helst mir. Lais lygge sacht d̄ her,mae vur d̄ dūvel. yd hait me
gekost/dan dat ment in den dreck werffen sal. Ach her gotsa
cht vlensp. ich doin allet dat men mich heist/noch vdienē ych
geinē danck. Ich bin in einer vngluckhafftiger vren gebozen.
Do schied vlensp. van danne. liess den here wed hynn sleissen
wat he vß geruimt hat. des die naberē vur vñ na lachten.

Wie vlenspe. eym pyffendreyer tzo Lünenburch ein groisse schalckheit dede.

Zo Lünenburch wo inde ein pyffēdreyer, ō was ein lantferer geweist, mit dem loderholtz vmgelouffen. der saß tzom bier. Vlenspegel quā ur syn gelaich da loid ō pyffendreyer vlēspe. tzo gast in deser wyse dat he in essen wold. sacht tzo jm, Kum morgē tzo mittage, vñ yß mit myr, kanstu. Vlensp. sacht ya, v stoind dat wort niet so Bald, quam des andōn da ges. So he vur die doer quā, was sy vndē vñ euen tzo, ouch alle fynsteren. vlenspe. ginck vur der doeren hyn vñ her, tzwey off dry mail bis na mittage. dat huiß bleiff al tzo. Da gedacht he he wer beschissen. vñ sweich still bis des andōn dages. dae quā he tzom pyffen dreyer vp dem mart sacht tzo jm, Sich frum man plecgt. yr dat tzo doin, laden geist, vñ gair selffs vß Der pyffenmecker sachte, Hoirtz du niet wie ich dich hai ich sacht morgē tzo mittag yß mit mir off du kans. foe was die doer geslossen vñ konz niet yn komē. Vlensp. sacht, des haeff danck des wist ich noch niet. ich lerē noch al dag. Der pyffen mecker lacht vñ sacht, ich wil dich niet vm dryuen, ganck nu hyn myn doer steit vppen du fynz ghesoden vñ gebraden by dem fuyr, ganck fürßrnich komen na. du sait allein syn, ich wil gein geist me haue. Vlensp. gedacht, dat wirt gut, geit gering dar, vñ fant yd also. Sie magt wai den brade, die fraw reue tzo. Vlensp. quā ynt huis sacht der fraw, dat sy balde

K iij

komē sold mit erer mage/erem man wer geschenkt ein grols
fisch ein stör/dat sy jm den hülffen heim drage/he wōlt: den
bradē so lang wendē. Die fraw sacht ya/wir willen gain. he
sacht/gait bald. Sy gingen zom mart. der man quā vnder
wegen/sacht zo jn/wat louft yr? Sy sachtē vlensp. wer heim
komē vn her gesprochē/wie euch ein groisser stör wer geschikt
den sūldē sy helffen heim dragen. Der meister zürnde sagen
de zo der frawē/ Kons du niet daheim blyuen?he hait dat
niet vmsust gedain/da is ein schalkheit in vborgē. Sie weil
hat Vlenspeg. dat huiß, vndē vn ouen beslossen. Doe sy nu
heim quamē/fonden sy die dūr zo. do sacht der man zer fra
wen/nu sijo du wail wat störo du holen solst. vnd sy klopten
an der dūr. Vlesp. ginck für die dūr sagende/ Laist vr kloppē
ich laissen niemāt in. doeser wirt hait mir befoilen vn zo ge
sacht/ich sūll allein hie in syn/he will gein gest mee hain dan
mich. darum gait hyn komt na dem essen herwed. Der mey
ster sacht/dat is wait/ich sacht also/auer ich meins niet also
Nu laist jn essen/ich wil jm wed ein schalckheit darum doin
vn gingen in eins naberen huiß/vn beytē da so lang bis vlen
spegel reyd wart. Vlensp. bereit die kost gar/vn satz syup dē
disch/vn aß sich vol/vn deckde sy weder zo/so lang yd jn gūt
ducht. do ded he die dūr vp. So quam d' pyffendreyer vn sa
chte/dat plezen gein frum iūid zo doin/als du gedain haio vlē
spegel. So sacht Vlensp. sold ich dat doin selffand/dat ich al
lein doin sūld. vn wūrd zogast gebedē/vn wōld niemās me
hauen dan mich allein/vnnd ich brecht jm me geste. dat wur
de dem wird niet wail gefallen. vn geit mit den wordē vß dem
huiß. Der meister sach jm na sagende/ Nu ich betzalē dich we
d'/wie s.balckzafftich du bis. Vlenspe. sacht/ Wer dat beste
kan/der sy meister. Da ginck der pyffenmecher vā stondē an
zom s.helmen schēnd/vn sacht in der herbergē wer ein man
hieß Vlenspegel. dem wer syn pert gestoruē. dat sūld he vß so

ren/vnd weiß jm dat huiß. Der schelmen schind sacht wail, dz
yd d´ pyffenmecher was/ vñ sacht ya/ he wold yd doin. vñ für
mit sym karren vur die herberg/ als jm der pyffenmecher ghe
sacht hat. fraegd na vlenspegeln. Vlensp. quam vur die dür
fraegd jn wat he hauē wold. Der schelmenschynd sacht. der
pyffenmecher were by jm gewest/ het jm gesacht/ dat syn pert
wer jm gestoruen/ dat sulde he vß fueren/ vñ off he Vlenspeg.
hieß. vñ off dat also were. Vlensp. kyrd sich vm/ vñ zoig die
broich aff/ zerde den arß vp sagende/ sich hie/ vñ sag dem pyf
fenmecher/ is vlensp. in doeser gassen niet gesessen/ so weis ich
niet in wat straissen he sytze. Der schynder wart zornig/ für
mit sym karren vur des pyffers huis/ ließ den karren da stay
vñ bdacz de jn. so dat der pyffenmecher dem schelmenschind
seß gulden muist geuē. vñ vlensp. sadelt syn pert vñ reit hyn.

Wie vlensp. einen buren vm ein grōn Lūndisch
doich bedroge vur Oltzen/ vñ jn ouerredt
dat yd blae were.

BLE sodes vnd gebrades wold vlensp. altzyt essen/ so
muist he syen wa heyt neme. Vp ein tzyt quā he in den
jarmart zo Oltzen/ dar vil Wendē vñ and´ lantfolk
hyn kūmt. Da ginck he hui vñ her/ besach an allen endē wat
zo doin was. soe sach he dat ein lantman ein grōn lūndisch
doich galt/ wold damit heim. Vlenspeg. gedacht wie he jn be
driege mōcht vm dz doich. vñ fraegd na dem dorp da d´ buir
daheim was. vñ nam zo jm eine schotten paffen/ ouch einen
losen gesellen/ vñ ginck mit den vß der stat vp dē wech/ da der
buir her komen solde. vñ macht sinen anslach wie he jm doin
wold wan d´ buir mit dem grōnen doich queme/ dat yd blae
suld syn. vñ erer einer suld ein ackerlengd weges vam and´n
gegen d´ stat wertz gay. Der buir mit dem doich quā gegāge
Vlesp. fraegd wie he dz schōn bla doich gegoldē het. He ant

wort/yd wer gruen/niet blae. Vlensp. sacht yd wer blae/dat
an wold he v.v. gulde bwette. vñ der yrste minsch der daeher
queme/d' groen vñ blae erkenne kund/suld jm dat wail sage
Der yrst d' quā zo dem sacht d' Buir. Fruint/wir tzween syn
tzweydrechtig vñ die varff vā desem doich. sag die wairheit
off yd groen off blae sy. watu vns sage/daby sult blyue. der
sacht/yd is ein schoin blac doich. Der Buir sachte nein yr syt
zween schelck. yr hait dat mit einand' angelacht. vlensp. sacht
te/wylan vp dattu sehes dz ich recht haue/wil ich dir dat zo
geue. vñ by desem fromen priester/d' daher kumpt wat d' sa-
get/da by blyffs. der Buir wairs ouch zo freden. Als d' Here
by sy quā/sacht vlensp. Herr sagt recht/wat varffen hait dz
doich? He sacht dat sy et yr selffs wail. Ja her sacht der Buir
dat is wair. auer dese zwen willen mich ouerredē eins dings
dat gelogt is. Der her sacht/wz geit mich vr had an. gilt mir
gelych offt swartz off wyß sy. Liever her sacht der Buir/ond'
richt vns des by dd' ich vch. So yr des begert/so sagen ich vz
dat doich blae is. Horstu dat wail sprach vlensp. dat doych
is myn. Der Buir sacht/wan yr niet ein priester wert/so meyt
ich yr loge/vñ wert al dry
schelck. Nu yr ein priester
syt/so muß ich s geleuue/
vñ ließ vlenspegelen dat
doich folgen.

Wye Vlenspegel zo
Hannower in die badt
stoue scheist/meint yd wer
ein fluß der reynygung.

In bader woinde
zo Hannouer/wel-
de niet dat syn stou
ein batstoue hieß/ sond'
ein fluß der reynigungh

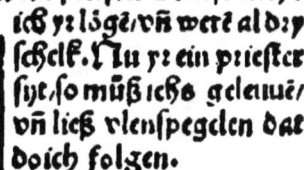

Des wart vlensp. wůß. quam dar/vñ ginck in dese baedsto-
uen/zoig sich vß vñ sprach/Got grötz vch hern vñ vr huiß ge-
synd vñ al die in desen reinē huiß synt. Der bad danckt im/
hieß jn wilkom syn/vñ sacht/her gast yr sagt recht. dit is eyn
huis d' reynigūg/vñ gein baedstoue. wāt d' stoff is in d' sonnē
in der erdē/in d' esschen/vñ im sand. Vlensp. sacht/dat dit ein
huis d' reinicheit is/is offenbair. dan wir gaint vnrein herin/
vñ rein wed' heroß. Mit dem scheiß vlensp. einē groissen dreck
by den wassertrock/das die stoiff gantz davā stanck. Der ba-
der sacht/nu sien ich wail/d; die wort vñ werck niet gelijch sint
dy wort warē mir angenem/auer dyne werck niet. plegt mē
des im huiß d' reynich eit? Vlensp. sacht ya. ich hain hierin me
beßelffs dan vssenich wer sust niet herin komen. Der bad sa-
cht/die reynicheit plegt men vp dem spraich huiß zo doin. dit
is ein huis d' reinicheit vā switzl. vñ du machs ein schijßhuis
druis. Vlensp. sacht/is dat niet dreck vā menschē lijff komen
sal men sich reynigē/so müß men sich binnē so wail reynigen
als buissen. Der bad zürnde sagende/die reinigūg plegt mē
vp dem schijßhuis zo doin/die plegt d' schelmē sij nd' vß zo
füeren in die schelmen kuil. des plegē ich niet zo fegen. vnnd
hieß vlensp. vß d' stouen gain. Vlenspe. sacht/Herwirt/laist
mich yrst wur myn gelt badē. yr wilt vil geltz hain/so wil ich
wail badē. Der bad sprach/ganck nerhyn/dins geltz wil ich
niet. wiltuis niet doin/so wil ich dich die düt wysen. Vlensp.
gedacht/hye ist bōs nacket fechtē mit schermesseren. ginck vß
sagede/Wye hain ich vur einē dreck so wail gebaet. des sich
wed' an/in d' stouē da der bad in plach zo essen mit sym huis
gesynd. Da besloiß jn der bad/wold jn erschecken/als wōld
he jn fangē laissen drautheim. So ducht vlespe. he wer niet
genoich gereinigt im baed/vñ sach einē tzūgelachtē disch/des
den vp/vñ schaß einē houffen darvp/vñ des jn wed' zo. Bald
ließ in d' bad vß/vñ warē der sachen eins. So sacht vlenspe.
Lieuer meister in deser stoue bin ich yrst gantz gereinicht/ge-

L

duncke myn in güdēiee yd mittach werd, ych fart dahyn.
Wie Vlespe. to Bremen milch galt van den
bürunnen, vn sy tzo samen schut.

Zo Bremen bedreiff Vlensp. seltzame vn lecherliche dingß. He qam vp den marckt vn sach dz die bürinnē vil milch hattē he kreich eyn groisse büd satzt die vp den mart, vn galt all die milch die dar quā, ließ sy al in die büd schuddē. schteif yed fraw vp, die so vil, die ander so vil, vn so vortan. vn sachte tzo den frawē, dat sy so lāg beitē, bis he die milch by ein het, so wolde he sy betzalē. die frawē saissen da vp dem mart in ein ring vmher. So gein me da was zo geldē do quā vlensp. nī recht einen schrymp druss sagender Jch hab yetz gein gelt, welche mit beydē wil, xiij. dag, die nym yr milch wed vß d büddē. vn ginck damit eweck. Die frawē machtē da ein groiß wesen vn rumoir, die ein hat sovil gehait, die ander sovil, die derde des gelychen, so dat sich die frawē dair onuer mit den eymerē, veßgerē vn düppē vm die köp flogē vn wurpen, vn begussen sich mit der milch in die ougē, an die kleder, vn vp die erd schuttē, so dat yd da gestalt was, als off yd milch geregent het. Die burger vn andn die dat sagē lachtē des schemps, dat die frawē also tzo mart gingē, vn Vlensp. wart geloifft in siner schalckheit.

Wie Vlenspe. xij. blyndē sacht. he geeff yn. xij.

guldē. vñ meint ein yetlicher he het ſy eym
anderen gegauen. vñ zeerden darvp.

Ulenſpe. quā zo Hannouer/vñ reit wat ſpacert vur de
ſtat. da fant he. xij. blindē. He ſacht/waher yr blyden?
Sy ſachtē wir komē vß ő ſtat/da hait men ein ſpynd gegoue
Nu was yd ſeer kalt. vñ Uleſp. ſacht zo in. yd is gāz kalt/
ich ſorg yr erfrieſen zo doid. nymyt hyn da hait yr. xij. guldē.
gait wes in die ſtat in die herberg zom guldē leus/da komen
ich vß ryden. vñ bgert dat gelt vm mine willen bis ő winter
wes ewech is/vñ yr wandelē mögt. Sy neigdē vñ danckten
jm ſeer. vñ ein yed meint ő anő het dat gelt. Alſo gingē ſy in
die herberg dat ſy ulenſp. geweſen hat. Da ſy dat quanē/ſa
chtē ſy alle/yd wer ein gut man bȳn hin geredē/ő hett jn. xij.
guldē gegeuē vm got willen. dat ſy davan zeren ſuldē bis ő
winter ewech wer. Der wirt was gyrich na dem geld/nam ſy
an. gedacht niet zo fragē wer dat gelt het. vñ ſacht ya my lie
ue b: dő/ich wil euch güetlich doin. Hey locht den blynden
vñ ließ ſy zeren ſo lang/bis jn ducht ſy hettē die zwelff guldē
vzert. So ſacht he Lieue brlieo willen wir rechenen. die xij.
guldē ſynt byna vzert? Sy ſachtē ya. vñ ye einer ſprach den
andē an/wer die guldē het/dat he den wirt bezailde. So hat
erer geyner dat gelt. Die blynden waren bedroft vnd kraudē
die köp/want ſy warē bedrogē. der wirt ſaß ouch vñ bedacht/
leeſtu ſy nu gain/ſo wirt dir din koſt niet betzalt. behelſtz du ſy
ouch/ſo freſſen vñ zerē ſy noch mer vñ haint doch niet. ſo bis
du in zweien ſchadē. vñ beſluß ſy doch bindē in den ſewſtall/
vñ lacht jn broit, hew vñ ſtro vur. Uleſpegel gedacht yd ſuld
wail by der zyt ſyn/dat die blyndē ſolich gelt vzert hettē. vñ
bekert ſich/vñ reyt in die ſtat zo deſem wird in die herberghe.
Als he nu in den hoff quam/vnd wold ſyn pert in den ſtall
gain binden/ſo fürt he die blynden in dem ſewſtalle lygenn.
So gunck ulenſp. in dat huis vnd ſachte zo dem wyrde alſo/

L ij

Der wirt was syns hauß yt darzo, dat die arm blyndt sit so ins stat ligen, erbarmet vñ niet, dat sy essen dat erem lyff vnd leue we deit. Der wirt sacht, ich wold dat sy werē da alle was ser zosamē komē, het ich die kost bezailt. vñ sacht jn wie he mit den blindē bedroge wer. Vlēsp. sacht, sünnē sy geinē burgen kriegen. Der wirt, Het ich einē güdē burgē, ich liesß sy louffē. Vlensp. sacht, ich wil durch die stat vnemen off ich einē bur‐
gen mocht fynden. Vlensp. ginck zom pastoir sagende, Lie
uer her dit er wail, myn wirt is besessen mit bosen geistē in deser
nacht. der leest euch biddē, yr jm die vß wissen beschwerē. Der
pastoir sacht ja. mer he moiß einē dach off zwen beydē, solche
ding mocht men duerylen. Vlensp. sacht, so wil ich syn fraw
holē, dat ys zo yr selffs sagē. Pastoir sacht ya. Vlensp. sacht
zom wirt, ich hain vch einē burgē kregē, vr pastoir wil dat
vur geloue vñ vch bezalen, laist die wirtyn mit mir zo jm
gain, he wil yr dat zo sagen. Der wirt was des fro, sant syn
fraw mit jm by dē pastoir. So sacht vlensp. Her pastoir hie
is die fraw, sagt yr nu selffs als yr mir sachtē vñ geloifdenn.
Der pastoir sacht, ya lieue fraw, beyt einē dach off zween, soe
wil ich jm helffen. Sy sacht ya, vñ ginge wed heim, vñ sacht
zo dem man. Der wirt was fro vñ ließ die blindē gain. Vlen‐
spe. sleich ouch vā dannē. Des derdē dags maende die frawe
den pastoir vm die vñ. guldē die die blindē vrzert hattē. Der
pastoir sacht, lieue fraw hait euch vr huißwirt dat geheissen
Sy sacht ya. He sacht, dat is der düuel eygeschaft dat sy gelt
willen hain. Sy sacht, dat is gein düuel, bezalt jm die kost.
He sacht, mir is gesacht, vr man sy besessen mit dem duuel.
Hoilt jn her, ich wil jm da van helffen mit d' gotz hülff. Sy sa
cht, dat plegē schelck zo doin, die logener syn wan sy bezalē sül
len. Jo myn man besessen, des salts gewar werde. lieff heym,
sacht dat dem man. Der wirt nam syn helbart, lieff zo des
pastoirs huis, he wartz gewar, vñ rieff synē naberē zo hülff,
segende sich, sagende, Kumt helfft mir myn lieff naberē. fer

deser minsch io Beseſſen. Der wirt sacht, Betzail mich, der paſ
stoir seyende sich. Der wirt wold tzo jm slagē. Die Buir lieffen
dar tüſſchen, kondē sy naw gestillen. Vñ so lang der pastoir
leefze, maende jn d' wirt vñ den koſten. He sacht he wer jm
niet schüldich, mer wer he Beseſſen, he wöld jm wail helffen.

Wie vlenspegel tzo Bremen ſinen geſten
den braden vß dem arße Bedreuffte.

Vlenspegel was tzo
Bremē wail bekāt
so dat jn yedmā gern hat
in allen schympē. Nu wz
ein geselschafft angericht
van burgerē vñ kauflüdē
hattē ein collacye vnd jn,
so dat einer na dem andrē
eine Bradē gaff, kes vnnd
Brott. welcher niet queme
sond' groiſſe noit d' müſt
dem wirt dat gelaich gar
Bezalē. Vlensp. quā vch
darzo, vñ sy namē jn tzo
jn vur eine schympo man
dat he mit jn collacede. Als nu dat gelaich vmginck, quā yd
an vlensp. ouch. Do lüd he syn tzergeſellen in syn herberg, gaſ
in eynen Bradē, lacht den tzom füyr. Alſt nu eſſens tzyt was,
da quamē die tzergeſellen By dem mart tzo samen vñ sachtē
sy wöldē vlenspegelē tzo eren gain. vñ einer fraegde den and'n
off he ouch wat gekocht het, dat sy niet vbgeue queme. wur-
den eins dat sy tzo samē dar woldē gan. Als sy dar quamē da
vlensp. zer herberg was, nam he ey stuck Butterē, stieß dat in
die arß kerff, vñ kirde den ars tzom füyr ouer den Bradē, vnd
Bedruffte den Bradē also vß dem arß. Die tzergeſellen stundē
vur der doeren, sagen dat he vß dem erß den Bradē, Bedrouft

te alſo. So ſachten ſy, der düuel ſy ſyn gaſt lick eſſen des bra-
des niet/ vñ gingē eweck. So hieſch he van jn dat gelaich. dз
gauen ſy jm gern/dat ſy des brades niet eſſen dörfften.

**Wie Vlenſpe. in einer ſtat in Saſſen land, ſtein ſeyde/
darum he gefraget wart/he ſacht, he ſeyde ſchelck.**

Ulenſpegel quā зo
Weſer in die ſtatt/
vñ beſach alle hedel vnd
den burgerē. vñ wart ge-
war wat ein yed зo doyn
hat. wāt he. püij. herber-
gen hat. wat he in eim hu-
ſe liende/ dat fant he ym
andn wed. hoirt vñ ſach
dз he niet wyſt. vñ ſy wur-
den ſiner müed: So rafft
he clein ſteuncker by dem
waſſer, vñ ginck op d gaſ-
ſen vur dem raithuiß op
vñ nyd vñ ſeyde ſynē ſa-
mē зo beydē ſydē. Die lüid fraegdē jn wat he ſeyde. Vlenſpe-
gel ſacht, Ich ſeyen ſchelck. Die kouflüid ſprachē, der darſtu
hie niet ſeyen/der yo vurhyn me dan зo vil. Vlenſp. ſacht, dз
is wair. mer ſy wonen in den büſerē/ſy ſolden druis louffen.
Sy fraichtē, warum ſeyeſtu niet früm lüid. He ſacht, früm
lüid willen hie niet opgain. Solche wort quamen vur den
Rayt. Vlenſp. wart beſant, vñ jm gebodē ſynen ſamē weder
op зo heuē/vñ ſich зo d ſtat vß зo packen. Dat ded he. vnd
quā. x. mylē van dannē, in ein and ſtat/vñ wold in Sytmer-
ſen. Auer dat geſchrey was vur jm in die ſtat koinē. do müſt
he geloeuen durch die ſtat зo зien ſond eſſen vñ drincken mit
ſym ſamē. Da yd nu nit ands ſyn mocht. Do liend he ein ſchif

gen/vn̄ wold sinē sack mit dem samē in dat schyff laissen heut
do der sack vp gehauē wart/brach hē mitt entzwey. do bleiff
der sack vn̄ samen da. vn̄ vlenspeg. blieff sich/sal noch weder
komen.

Wye vlensp. sich tzo Hamburch tzo eym bartscherer
vdingde/ vn̄ durch die fynster int stoif ginck.

Ins mailo quā vlensp. tzo Hamburch vp den hoppē
mart/sach sich vm. so quā ein Bartscherer/ō fraegd jn/
wa he her quem. Vlensp. sacht/ich komē daher. Der meister
fraegd/ Wat kanstu vur ein hantwerck? He sacht/ich byn ē
scherer knecht. Der meister dingd jn vn̄ wounde vp dem sel-
ué mart gelych da entgezt ouer da sy stundē. vn̄ v; huiß hat ho
ge finsterē an ō straissen da die stoiff was. So sacht ō mei-
ster/ Sich da die hohe fynsterē synt da ganck in/ich wil nako
mē. He sacht ya. vn̄ geit recht durch die finsterē hinin sagen-
de/ Got eer got grōtz dat hautwerck. Die fraw saß in ō sto-
uen vn̄ span̄/die erschreckte gantz sere saghende/ Sych/fūrt
dich ō duuel durch die fynsterē? is dir die duer nit wyt genoich
vlensp. sacht/ Lieue fraw tzurnet niet/ v; man hait mich dait
geheissen/he hait mich gedingt vur einē knecht. Sy sacht/ ys
dat ein getrew knecht/ō sym meyster schaden deit? He sacht/
Lieue fraw/sal ein knecht nit doin wat jn syn meister heist.
In dem quā ō meister/ hoirt vn̄ sach dē hādel wat vlensp. be-
gangē hat. Der meister sacht/ bey knecht/ kunt tu niet zer do-
ren ingain/ warumm haistu die fynster tzobrochē? Jr hiessen
mich dairin gain/ys wōldē mir nafolgē. dat hain ich gedoin
ys sijt auer niet na komē. Der meister sweich/ dā he doirst syn
gedacht/ wan ycht besserē kan/ so wil icht mit jm afflagen an
sym loin. Der meister hieß jn die schermesser slyffen gelat vß
dem rücke gelych der schnyde. Vlensp. sacht ya. vnd began
tzo schlyffen den schermesseren dye rücke gelych der schnyten
Der meyster quam vnd wold besyen wat he dairvß mach-
te/ so sach he/ dat die messer die der knecht geschlyffen hat. der

ruck was als die schnyd/vñ die andn ouch so sleiff. Der mei
ster sacht/wie machstu dat?dz is böß dinck. Vlenspe.sachte/
wie dat:jn is doch niet wee.ich do in als yr mich hieffen. Der
meister wart zornich/sagende/Jch hieß dich datru ein böß
vßhyt schalck bis. hôrvp/lais dŷ slijffen.ganck wed da du her
komē bis.vlenspe.sacht ya. vñ geit in die stoue/spranck weder
zom fnjster hinvß/da he in komē was. Der scherer wart zor
niger/lieff jm mit dem richterbodē na/wold jn fangē:off dye
fynster bezalt hain/die he zo brochen hat. Auer Vlenspegel
was endelich zo schyff vñ voir van land.

Wye vlenspeg.einē wecken bry allein vßaß/ drum
dat he einē schnuuen vß der nasen dryn warff.

VLenspegel was vp ein zyt hongerich/vnd gunck in ein
huiß/da fant he die fraw allein. sy saß by dem fûrs vñ
kocht einē wecken bry/der smackt vlenspegeln so wail and ou
gen/dat: jn den luste zo essen.vñ bat die frawe dat sy jm den
bry wôld geuen. Die fraw sacht/ya lieuer vlenspe.gern/vnd
suld ichs selffs entberen. Vlensp.sacht/d môcht wail komē
na vren wordē. Die fraw gaff jm den weck bry gar.vñ sat die
schuttel vp den disch mit dem brye/vñ broit darzo. Vlenspe.
was hungerich/began zo essen.die fraw quā wold mit jm
essen. Vlensp.gedacht/wil sy mit essen/so blijfft bald niet vid
da. vnd huftet einen groissen knoden/warp den in die schuttel
in den bry. Da wart die fraw zornich sagende/sŷ dich/den
bry fryß du schalck nu allein. Vlenspe.sacht/Lieue fraw/vre
yrste wort waren also/ Jr wôlden des brys entberen/ich suldē
allein essen.nu wild yr mit mir essar.vñ des is kum bry bisser
Die fraw sa:gt. Dat dir nûmer gût geschie/gunstu mir myn
eygen kost niet/wie wôltz du mir dan dyn kost geuē? Vlespe.
sacht/ Fraw ich doin na vren worden. vñ aß den bry vß/vnd
wuschte den munt.vnd gunck hyn.

Wie vlenspe.den wirt zo Jsleuen erschreckt mit
eym wolff/den he zo fangen vsprochen hat.

Zo Iſleuen wōde ein wirt d' wz ſtolz vñ hielde ſich vur eyn groiſſē wirt Vlenſpe. quā in ſyn Herberg/vñ was winter vñ geſchniht. Da quamē ich kouflūd vſz Saſſē/wel den zo l' Nūrēberch/quamen in der nacht in die herberg. Der wirt was behend im mond/hieſz ſi wilkom ſyn ſagēde. waher zom dūuel/wie ſpade kumt yr zer herbergē:

Sy ſachtē/her wirt yr dōrffen mit vns nit buchen/vns is eyn euentūre wed faren vnd wegen/dat vns ein wolff vil leitz de de.d' quā vns alſo tzo gemuët/dat wir vns mit jm ſlagē müſ ſten/dat hindt vns ſo lang. Der wirt ſpot erer ſagēde/yd were ſchand/dat ſy ſych lieſſen einē wolff hindn. Wan ich alley ein feld wer/vñ zween wōlff gemlictē/ich wōld ſy viagen. vñ erer weren dry ſlieſſen ſich einē wolff erſchrecken. Vlenſpe. ſaſz hie by/hōrt dat geſpōt. So ſy ſlaiffen gingē/wart vlenſpeg. mit jn in ein kamer gelacht. So ſachtē die kouflude/wie ſye dem dōm māchtē/dat ſy den wirt bezaldē. Vlenſp. ſachti/Lr̄ ue frūnd/ich mercken dat d' wirt ein hobucker is/hōrt mich/ ich wil jn betzalē/dat vam wolff ſwygen ſal. Dat ghefiel jn wail/geloiſſden jm einē dr̄inck penyck. Vlenſp. hies ſy ryden na erer koufſmenſchafft/wan ſy wed quemē/dat ſy weder da herbergd'/ſhe wōld ouch da ſyn/ſo ſtildē ſijt jm betzalt. Dy e kouflūd betzaldan yr gelach/vur vlenſp. ouch vñ reden ſyn der wirt rieff jn na ſpōtlich/Jt kouflūd ſiet tze dz ouch ge wolff begene. Sy ſachtē/haeſt dāck dz yr vns warret/eſſen

vns die wölff/ so koṁt wir niet wed.Vlenspe.reit in dē walt
stalt na wolffen/vn̄ vieng einē/den doit he/vn̄ ließ jn bart be
friesen entgen die tzyt/dat die koufliūd wed koṁt wolde in die
herberg. So nam he den dodē wolff in einē sack/reit tzo Jsle
uen/ vn̄ faut die iij.koufliūd als yr affscheid was.Ses auetz
vnd dem auetz essen wz der wirt noch spöttis mit jn ōuer den
wolff.sy sachtē yd wer jn also ergangē.begeeff yd sich dat jm
twen wölff also bequemē/dat he sich dan eins wolffs zom yr-
sten erwerd/ sllieg dan den andn na.Der wirt vbaegde sich/
he wōld zwen wölff zo stücken slain.Vlensp.sweich bis he vp
die kamer quā mit den kouflūdē. Doe sacht he tzo jn/Glide
frūnd sjet still vn̄ wacht/ wat ich wil/dat wilt yr ouch.laist ey
liecht bernen. So ð wirtvn̄ syn gesynd al slaiffen warē/sleich
vlensp.ljß van ð kamern/droiz den dodē hart gefroten wolff
by dat filyr/vn̄ stjept den mit stecken dat he vprecht stoind/vn̄
sperd jm dat miul wȳt vp /stach jm twey kyntzschön ther dry
geit wed vp syn kamer. vn̄ rieff/her wirt.Der hoirt dat/dā he
was noch niet entslaiffen/fraegd wat sy wöldē/off sy auer ein
wolff byssen wōld. Sy sachtē/lieuer laist vns drincken bren-
gen wir hain durst. Der wirt wart zornich sagende/dat is ar
sassen art/suiffent dach vn̄ nacht.rieff ð magt/dat sy jn drin-
cken brecht. Die magt stiund vp vn̄ entfengd ein liecht by ṁ
füir/ do sach sy dem wolff recht in den mont. sy erschrecktē vn̄
ließ dat liecht fallen/ lieff in den hoff/ meint an ðs niet/ dan ð
wolff het die kynd fressen. Die gest rieffen vṁ drincken wed
Der witt meint die magt wer entslaiffen/vn̄ rieff dem knecht
Der knecht wold ouch ein liecht entfengē/vnde siut ouch den
wolff da stoin. meint he het die magt gar fressen/ lieff in den
keller. Vlēspe. vn̄ die gest hoirtē dyt.do sacht he/dat spyl wil
gūt werd. Die gest rieffen auer vṁ drincken.dat he doch sel
ues quem vn̄ brecht ein liecht/sy kūnd niet vyß koṁt. Der
witt meint der knecht wer ouch entslaiffen. watt zornich vn̄

stoind vp sagende/hatt d' dünel die saffen gemacht mit erem
suiffen/vñ entfengd ein liecht by dem füyr/vñ süit den wolff
stain bym herde/vñ hat die schoin im muil. Do rieff he mor-
deyou/helft liene fründ. lieff zo den gesten in die kamer sagen
de/liene fründ kumpt mir zo hülffen. ein grüislich dier stert
by dem füir/hait mit die kind/die magt/mit dem knecht fres
sen. Die kouflüid vñ vlenspe. warē bald bereit/ginge mit dē
wird zo m feur. der knecht quā vß dem keller/die magt quā
vß dem hoiff. die fraw bracht die kynd vß d' kamerē vñ leefdē
no ch all. Vlenspezel ginck herzo/stieß den wolff vm. Da lach
he vñ wegd geinē füß. Vlensp. sacht/dat is ey doit wolf ma
cht yr darum so groiß geschrey: wat blöden mans sijt yr bijst
en. Is ein doit wolff in vrem huse/vñ yagt vch vñ al vr gesind
in die winckel: vñ is niet lack. Da wolt yr zween leuediger wol
ne zo stücken slagen. mer die worten doints niet. Der wyrt
merckt dat he genart was. geit slaiffen/vñ schamde sich siner
groisser wort/vñ jn ein dod wolff hyagt hat. Die kouflüide
sachtē vñ bezalde wat sy vñ Vlensp. vzert hattē. vnd rydden
van dannen.

Wie Vlensp. zo Cöllen eym wird vp den disch scheiß.

Als Barna quā Vlensp. zo Cöllen in ein herberg vñ
ließ sich niet mircken zwen off dry dag. die weil merkt
he dat d' wirt ein schalck was. gedacht/da der wirt eyn
schalck is/da haut yo die gest niet güt. süech ein and' herberg
Ses autz merckt der wirt dat vlenspe. ein and' herberge hatt
da weiß he die and' gest zo bet/vnd jn niet. So sacht he/ wye
her wirt/ich bezal myn kost so dür als die yr zo bet wyseu/
vnd ich sal hie vp der banck lige. He sacht/nym da. r. slaisle
ken vñ ließ. ij. fürtz/ließ noch eine sagende/nym. d'z eine heufte
pül/ließ noch eine fule furtz sagende/nym/ds haistu ein gär

Bet/Behilff dich bis moin.leg sy by eyn/dat ich sy wed fynde.
Vlenſp.gedacht/Beyd/du muß den ſchalck mit eim ſchalcke
Betzalé.lach die nacht vp d Banck.da hat d wirt ein ſiuerli=
che diſchtauffel mit flægelé/die ded vléſpe.vp vñ ſcheiß dar vp
einé groiſſen houff/vñ ded ſy wed tzo. Des morges daget id
jn früe/ſtoind vp ſagende/Her wirt ich dancken vch güd Her
Berg. vñ ließ eine groiſſen ſcheyß ſagende tzo jm ßort/dz ſint
die federé vam Bet/den keuſſipül/ſtaiflaken. decken mit dem
Bet/hain ich tzo ſamé gelacht. Der wirt ſacht/Her gaſt/dat z
güt/ich wil darna ſien ſo ich vp ſtain.vlenſp.ginck hin. Der
wirt ſold des mittags geſt hain/die ſolden eſſen an der taiffe
len. Als he die taiffel vp ded/ginck jm ein böſer geſmack vnd
ougt/vñ fant den dreck dairiñ ſagende/he gifft den loin na dē
wercken.einé furtz mit eym ſchijſſen Betzalt. He quá darnas
wed/vñ bdrogé ſich der ſchalck heit/dat jm voithyn ein güdt
Bet wart.

Wie Vlenſp.den wirt mit dem clang vam geld Betzald
VLenſpegd was tzo Côln lang in d herbergé. Eins ma
les wart id lank ee men eſſe.des bdruß Vlenſpe.ſer dat
he ſo lang ſold faſte. Der wirt merkt dat an jm vñ ſacht/wer
niet bey dē wil bis die koſt reid wurd/der möcht eſſen wat he
het. Vlenſp.aß ein ſemelchi. vñ da yd.vij. ſloig/wart d diſch
gedeckt/die koſt drup geſat. Der wirt ging mit den geſté ſytzē
Vlenſp.bleiff in d küchen. Der wirt ſprack/wie wiltu niet tzo
diſch ſytzen? Nain ſprach he/ich mach niet eſſen/ich bin des ge
ſmacks van dem gebrades vol worde. Der wirt ſweich vnd
aß mit den geſten.vlenſp.ſaß by dem füer.na dem eſſen quá
der wirt mit dem gailbrede/ſacht tzo Vlenſp.göff. ij. Côlſche
wißpenninck vur dat mail. vlenſp.ſacht/her wirt ſijt yr es ſo
lich man/dat yr gelt nemt van eym d vre ſpijß niet yſt? Der
wirt ſacht ſtoltz dat he Betzalde/het he niet geſſen/ſo were he
doch des geſmacks vol worde. wer da geſeſſen över dem bra
den.dz wer ſo vil/off he am diſch wer geſeſſen vñ het geſſenn.

Vlensp. warff eine gantze wyßpenninck vp die banck/ der wirt hort yr besen klanck wail: he sacht ya. Vlenspeg. nam den pennyck weẽ sagēde/ So vil iuch der danck vam pemÿg hulfst/ so vil hulfft mich ẽ roch vam gebraitz. Der wirt wart so unich/ wold den wyßpennÿck hain/ vñ he wolt jn niet geuẽstalt yd ant recht. Der wirt wold des niet doin/ besorgede he het jn betzalt vñ lies jn farẽ/ vlẽsp. zouch weder hyn.

Wie vlenspegel syn wittyn ōueredt dat vlensp. vp dem raed lege.

Vlenspegel quā by Staß fort vp eyn dorp tzer herbergen/ sach im huiß ey rat stain. dar vp lacht he sich. vñ bode der wirdynnē eine gūden dach. fraegd wat sy gehoirt het vā Vlenspẽ. Si sachte/ wat sy vann dem schalck hōren sülde sy mōcht jn niet nennen hōrẽ. He sacht/ wat hat he üch gedoin/ dat yr jm so gram sytt?he en plach doch niet zo scheydẽ war he hyn quā he en dedẽ dā boueryē. Sy sacht/ des byn ich wal gewar wordẽ. he quā her/ vñ fylde mynē hont/ vnde gaff mir dat fel vur dat bier dat he gedronncken hat. Vlensp. sacht/ dz was niet recht gedoin. Sy sacht/ he wirt ouch noch ōuel farẽ. He sacht/ fraw dat is geschiet/he ligt vp dem raed. Sy sacht des sy got geloift. Vlenspe. sacht/ ich byn yd/ade ich farē hyn.

Wye ein hollender vlenspegel gebradẽ eppel vam teller aß.

ij

Wdlich betzald Vlespe. eine Hollend. Jn begaff sych
vp ein zyt zo Antwerpen in einer herberge, da ware hol
lensche konfluidun, vn vlenspe. wart e wenich krasck, dz he gey
fleisch mocht vn kocht jm weiche eyer. Als die geste zo disch
saissen, bracht vlensp. die weiche eyer mit jm. vn ein hollend
sach in vur ein Buir an sagende, Wie Buir, machstu des wirtz
kost nict, sal men dir weisse eyer kochen, nam die eier beid vnd
souff sy vss, lagt die schale vur vlensp. wed sagend, Nym hy
leck dat vass, der dod is vss. Die and geste lachten des mit vll
spegele. Op den auentgalt vlespe. hupsche eppel vn hulde ei
nen bynen vss, ded den vol fliegen vn mucken, briede den syn,
vn schelet jn, vn ded gymber drup. Als sy wed zo disch saissen
des auentz, bracht vlensp. vp eym teller den gebraden appel,
vn want sich vam disch, als off he me holen wold. do greif d'
Hollend zo, nam den gebrade appel, slanck den bald in. van
stontan brack sich der hollend aller dat he jm lyff hat. vn jm
wart gantz wee, so dat d' wirt vn die and geste meinte he het
jm in dem appel bgeue. Vlensp. sacht, dat is gein vgift, id is
ein reinigung synd magens. want eim gantz gyrigen magen
bekupt solche spyss nit wail. het he mir gesacht dz he de appel
so gutlich wold hain ingesluckt, ich het jn darfur gewart. wa
te in den weicht eyeren ware gein mucken, auer in dem gebra
den appel lagen sy. die must he wed van jm brechte. Samyt
quam d' hollend wed zo sich selffs vn schait jm niet, vn sacht
te zo vlensp. Jss vn bracd, ich en essen niet me mit dy, sal het
zestu gebraden feld honer vn sneppen.

Wie vlensp. macht, dat ein fraw all yr dlip
pen entzwey slucz vp dem mart.

ULenspegel quam zo Bremen by den bisschoff, der hat vil
ischympo mit jm, hat jn ouch lieff. wat alle zyt richt he
jm war seltzams zo des d' bisschoff lachte. also hield he jm sy

pert kost fry. Eins mails des vlensp. off he d’ bönerpen mů de
de wer/vñ wóld zo kyrchē gaün. do spotte syn d’ Bisschoff. dat
kerd he sich niet an/gieng vñ bedt. Da spot syn d’ Bisschof noch
me. So hat sich vlesp. heimlich vdragt mit eins düppenme
chers frawt / saß by dem martt/hat düppen feil. Die dlippē betzalde he yr al zomail. vdroig sich mit yr wie sy doin sold/wan
he yr ein tzeichē geue. Vlensp. quā wed zom bisschoff/ded des
glychen off he zo kyrchen wer gewest. Der Bisschoff spot syn
auer. zo lest sacht vlespe. zom Bisschoff/Guediger herr/kumpt
her mit mir an den martt/da steit ein düppenmechers mit erdē
düppē. Ich wil mit uch wettē/ich wil yr niet zo sprechē/noch
mit dem gesicht wincken. ich wil sy mit stillen worden darzo
brengen/dat sy vp stoin sal / nemen einē stecken vñ slagen al
die yrden düppen entz wey. Dat geluste jn zo sein. vñ he wol
de mit jm wettē vm. xxx. gulgē sy dede des niet. Die wettūg
geschach. vñ der Bisschoff ging mit vlenspe. vp den martt. Vlensp. weiß jn die fraw/vñ gingē vp dat raithuis. vlesp. bleif
by dē Bischoff vñ ded sólch geberde mit wordē vñ werken wie
he die fraw darzo brengē wold dat sy dat dede. Zo lest gaff he
yr dat zeichē als yr beschreit was. do stoind sy vp vñ sleit die erden düppē al entz wey. So d’ Bisschoff wed heim quā/nā he
vlensp. an ein end sagende zo jm/dat he jm secht/wa mit he
dat mechte dat die fraw die düppen zo breche. so wólde he jn
betzalen. Vlensp. sacht ya. vñ sacht wie he die düppē vurhy
betzalt hat vñ mit yr angelacht sólche ding. Do lacht d’ bisschoff vñ gaff jm dat gelt. vñ he müst jm geloue dat niem ar̄tz
zo sagē. Vlensp. sacht ya. wz ferdich vñ zoig vā dannē. Darna saß d’ bisschoff mit siner ritterschaft duer disch sagēde/wie
he die konst kund/die fraw ouch darzo zo brege/dat sy yr düppē zo slagē suld. Die edelīg begerdē dat ouch zo wissen. Der
Bisschoff sprach/wil mir ein yeder geuen eynen güden vetten
ossen in myn küchen/ich wil uch dye konst alle sament leren?

vñ yd was im herfst dat die offen am fetzten wart. Eyn yed
dacht/waeg eine offen/dattu die konst lere. Sy gauē jm yetli
cher eine offen der wurdē.xvj. vñ yed was.vij.gulden wert.
so warē die.xxx.guldē dryfeldich betzalt. So die offen by ey
stondē/quā vlenfp. rydē sagende/defe büte hört halff mynn.
Der Bischoff sachte zo jm/halt mir dattu mir geloift hais. vñ
gaff jm eine vette offen. He nam den vñ danckt jnj fer. So sa
chte ō Bischoff zo den dieneri/dat sich Vlenfp. vurhin mit der
frawē verdrage/vñ yt die dlüppē betzalt het. Doe ō Bischoff
dat sachte/leissē sy sich düncken sy were mit list bedroge. vñ
dorsten doch niet fagē. eyner kratzt sich vp dem kop/der ander
hynd den oren. ō kouff reude sy/vñ niliedē sich vm die offen
doch tröistē sy sich selffs damit/he wer yt genediger herr/ of sy
jm so vil geschenkt hettē. vñ wer in schimp geschiet. doch müe
den sy sich erer geckheit. vlenfp. hat eine offen kregen davan

Wie ein buir prumen gen Einbeck vp den mart sürt/
vñ Vlenspegelen vp dye karr satzt.

Ep ein tyt hieldē die hogeborē fürstē van Brunswich ei
nen torney mit stechen/mit vil fremden herē vñ crem
vnderfaffen in ō stat Einbeck. vñ was im somer/dat die pru
men ryf warē. So was zo Oldenburch by Einbeck ein ey
feldiger buir/hat eine gartē mit prumē. der nam he ein karvol
für na Einbeck. so vil volcks da was/wold sy da bkouffen.
Als he vur die stat quā/lach vlenfp. vnd eym gröne boum.
hat sich duerdröcken. dat he niet essen noch drincken en mocht
was gantz mistalt. Als ō man by jm her für. sprach vlenfpe.
jm zo gantz krencklich als he kond fagende/Ach gūs friint
sich, hie bin ich dry dag vñ nacht kranck gelegē aen aller myn
schen hülff. ly gen ich noch eine dach also/ so sterue ich ho; jero
vñ durst. darū füer mich in die stat vñ got willen. Der gū
de man sachte/ach ych wolt; gern do in/mer ich hain prumen
gdadē. setzen ich dich darvp/so werdē sy e schandē. He sacht/

nym mich mit/ich wil mich vur vp der karrī behelffen. Der
man was alt/ded jm seer wee/ee he den schalck vp die karr ge
büefft/d' sich zom aller swaersten machte/fur gemach vmb
synt willen. So vlensp. ein weil gefur. zouch he dat stroe vā
den prumē/vn bescheis die prumē vn lacht dat stroe wed dar
duer. Als d' man bi die stat quā/rieff vlē. p. halt halt/bils mir
aff/ich wil hie vur der portt blyuē. Der gūd man halff dem
argen schalck aff/vn fur syn straiß zom mart. Da was einer
der al wege d' rifste da was wan wat zo marckt quā/doch sol
den wat galt/quā datzo/zoig dat stroe aff vn bescheis die hē
de. Jn dem quā vlensp. der sich bkleit hat/vn fraegde den Buir
wat haistu zo mart bracht he sacht prumen. Vlenspe. sacht
du hais bracht als ein schalck/die prumē synt beschissen. mē
sold dir dat lant mit den prunien vbeiden. He besach d arna
do was y d also/vn sucht/vur d' stat lach ein kranck man/der
sach gely ch als der hie/steit/dan dat he and' kleyd an hat. den
fürt ich vn gotz willen an die portī d' schalck hait mir dē sch'a
den gedoin. Der man must die prumen wed ewech fuieren.

Wye vlenspegel ein roßtüscher wart

VEZenspegel hat eins ein stedich roß veil/ dat wold einer
geldt/Besach id/vn gefeil jm wail. fraegde jn/gūd gesell
weistu einigē lack an jm/dat sach mir ich wil dy:t redlich be
zalī. Vlensp. sacht/ich weis geinē gebrech an jm/dan id geit
niet duer die Beum. Der kouffman sacht/ich wil yd niet duer
die Beum vßryde. wiltu mirt geuē vm einē zymliche pennīck/
ich geldent. Vlensp. sacht/ich geuē dirs niet vm eine pennyck
auer vm .vv. guldē geuē ychs. Sy gewurdē des kouffs/do
he nit wold zer stat vßryden/kond he yd niet zer portē vßkrē
gen duer die bruck die van Beumē gelacht was. duer die Beum
ging yd niet. d' kouffman meint auer duer Beum die vprecht
stüendt. vn nam vlenspegel mit recht vur. da wart erkant yd
wer bedrogē/vlenspe. sild jm syn gelt wed geuē. Du appel-
lierde vlensp. vnd sal noch komen,

Wie vlensp. ein hyrt wart im Brunſwickſſen land

ULenſpe. quā by den hertzogē vā Brunſwick/vn̄ gedacht
wie he rych würd/ſach dat des fürſtē amptlüid al rych
wurdē. So bat he den fürſtē dat he jn machte etliche jair einē
hyrtē ſyns fyeßs/he dōrft jm geinē loin geuē. He bliend jm dz
p.jair. Os he nu geweldizet hirt wz/ſchreiff he einer ſtat im
land/he hōrt ſage wie ſy ſo gude weid hette/he wold ſyns hert
ſche dat komē weidē. Sy erſchreckte des he würde die weide
gar aff etzen/dat yr ſche gebrech nū eſt hain. vn̄ ſantē jm. xx.
guldē/dat he ſy des entröge. Vlenſp. dachte id wil gut werdē.
vn̄ ſchreif einer and ſtat jm gelezē/die ſantē jm ouch gelt. vn̄
alſo vortan/dat he einē fuſſen rock drōig vn̄ rych wart. Der
fürſt fraegd jn wie id zo zūng. vlenſp. ſacht. Gnediger her yd
hait eine ſyn. yd is gein emprgen ſo clein: id breng wat mitz by
eyn and ſprichtt. yd ſy gey emptgē ſo clein, yd en ſy henkes wert.

Wie vlenſp. die miinch zo Mariendal zo
der matten halt.

DO vlenſp. alt wart, wold he in ein cloiſter ſich begeuē ſin
zyt da vſlyſſen vn̄ gode dienē. Da quā he zom apt vā
Marien dal, bat den he jn vpnemē wold zo eym brod, he wol
de dem cloiſter al dat ſyn hind jm laiſſenn. Der abt ſacht, du
bis noch ſtarck, ich wil doin als du gebedē hais. auer du muſſ
ein befeel hain wie my brūeds al haus wat zo doin. Vlenſpe.
ſacht ya her gern. Walan ſo ſaltu pōrtner ſyn, du arbeitz niet
gern. Vlenſp. ſacht, got danck euch dat yr mich alde man ſoe
wail bedenckt. ich wil ouch doin wat yr mich heiſt. Sat abt
gaff jm den ſluſſel ſagende, du ſalt niet al man inlaiſſen. den
derdē off vierdē laiß kum in. dan ſo vil yn zolaiſſen, freſſen die
cloiſter arm. Vlenſp. ſacht ya vn̄ alle die quamē ſy gehōrten
ynt cloiſter off niet lies he net den vierdē in. niet me. Die daz
quam vur den abt. S ſacht zo jm. du bis ey vßgeleſen ſchalk
wiltu niet herin laiſſen die herin gehōrē? He ſacht, den vierdē
wie yr mich geheiſſen hait, hay ich ingelaiſſen. Der abt ſach

re/du beis als ein schalck. vñ wer syn gern quijt geweſt/ſatz ey
nen an ỹn portnier. vnam dat he ſyn alde dück nit lies. vñ gaff
ṁ ein and ampt/dat he die müncß des nachtz in der metten
ſold tzelen. vñ duerſege he eiñt/ſo ſüld he wandelē. He ſachte/
dat is mit ſwer tzo doin/doch wil ich dz beſt doin. Des nachtz
brach he etliche trepling affvā d trappē. d prior was ein gůt
alt müncß al tzyt der yrſte tzo d matē. quā an die trap/vñ tratt
durch ßin vñ brach ein bein entz wey. do rieff he yemerlichen.
die and münch lieffen tzo/wolden beſien wat jm wer/da viel
ye einer dem an ỹn na die trap aff. Da ſacht vlenſp. tzom apt
werdiger her/hain ich myn ampt nu recht vß gericht/ich haß
die müncß al getzalt. He ſacht/du hais gedoin als ein ſchalck
ganck vnr den diuel vß mym cloiſter. So quā he tzo Mollē.

Wie vlenſpe. tzo Mollen kranck wart/vñ
dem Apteker in die buſch ſcheis.

Lenſpeg. quā ſeer kranck gen Mollen/nam herbergß
by dem apteker vñ artzedyen willen. Der gaff jm eyn
ſcharpe purgacye. vñ ge ṡē dem morgē wirckte die. Vlenſpe.
ſtund op/wold der purgacyen ledich ſyn/da was dz huis al-
lent halue beſloſſen. vñ jm wart noit/vñ quā in die apticcke/
vñ ſch eiß in ein büß ſa ṡde/hie quā die atzedie vß/hie můß
ſy wed jn. ſo bliiift d apoteker niet. ich kan gein gelt geuē. Dz
vnam d apteker. flucht vlenſpelē/wold jn niet me im huiße
hauē/ließ jn yut ſpedail dragē. Do ſacht he tzo dē die jn drogē
Jch hain da vaſt in geſtandē vñ got alzyt gebedē/dat d hilg
geiſt in mich/quem/ſo ſent he mir dat wed deil/dat ich in den
hilgen geiſt komē. Die lüid lachtē ſyn/vñ gingē vā jm ſagēde
wie eys nuſchē leut is/ſo is ouch ſyn end. Syn mod wart ge
war dat he kranck was. quā bald tzo jm/meint gelt vā jm tzo
kregē. wāt ſy alt vñ arm was. So ſy tzo jm quā ſch: ey ſy ja
gende/Myn lieff ſon wa biſtu krāck? He ſacht/lieff mod ßre
tuſſchen der kiſten vñ d want. Ach lieff ſon ſpzich mir noch
ein ſüeß wort tzo. He ſacht/lieue mod/honich is ey ſtieß kruit

Sy sacht.lieff son gyff mir dṽ suesse lere/da ich dṽ by gedecke
He sacht/ya lieff moder wan du wilt din gemach hain/so kere
den ars vant wind. so geit dir der stanck niet in die naeß. Sye
sacht. lieff son gyff mir doch wat vā dym gude. He sacht.lie
ue moder/der niet hait dem sal men geue. vñ der wat hait/dem sal
men wat nemē. my gut is verborgē/des nemāß weiß/syn ztu
wat/dat myn ias/dz uynt. doch geue ich dir vā mym gud allet
dat from vñ recht is. Die weil mart vlenspe. so krack/dat mē
in hies Buchten vñ gotz recht entfangē. dat ded he.

Wie vlenspe. syn sünden solt beruwen/do be
ruwede he dryerley schalckeyt die he niet gedain hat

In ald Begyn sacht zo vlesp. he silld ruwē vñ leit hauen
vur syn sündē vñ gotzrecht nemē/dz he deste suesser ster
uen mocht. Zo der sacht he. Ich sterue niet sueß/dan der doit is
bitter. warū sold ich ouch heimlich bichtē/dat ich gedain hain
yd wissen doch vil luid. wem ich gut gedain hay. wirt mrit
wail na sagē. Mich berti wet dryerley böß dz ich de niet hain
konnē doin. Die begyn sacht/dat laist uch leit syn. He sacht
mir is leit dz ich sy niet gedoē hain/noch konde gedain. Dat
yiste is/wan ich eine man sach vp der straissen gain/dem der rock
lanck ond der heucken vzshieng/dem gieng ich nac/meint he
wurd jm entfallen/dat ich jn vp neme. wan ich dan sach dat
he so lanck was/wart ich zornich/het ju gern so fert affgesne
den. dat ich des niet kond. is mir leit. Dye ander/wan ich yemā
des sach mit eym messer die tzend stochen/dat ich jm dz messer
in den halß het moge flagē. Dat verdroz ich niet alle alde wi
uere yr erß mocht tzo neyen. dat is mir leit. want spe synt niet
me nu tz dan die erd tzo beschissen. Begyne sacht/ey behued
vns got/wat sagd ir nu. ych höre wail. kunde yr/yr nerdē mir
mỹ loch oiuch zo. He sacht/id is mir leit dat id nit geschien is
Sy sacht/so beware dich der diuuel/vñ ging eweck. He sacht
yd is gein begyne so andechtig/so sy zornig wirt/so isse böser
dan der duuel.

Wye Vlenspegel syn testamēt machte

Ein paff sold vlenspegelē brycht hōrt, ō gedachtt/he is eß euētürer gewest/he sal vil geltz hav̄. darna besich dattu dat mōge hauē. als he nu brychtede/vnd anōn worde sacht ō paff to jm/Liever son bedenck din sele/du bis ein euētürer gewest/hais vil sündē gedain/lais dir leit syn. haistu gelt/ōz gyff in die gotz ere armē priesterē/als ich byn/dat radt ich dir. dan yd is wondlich gewonnē/wiltu mir dat offenbarē/ so wil ich yd bestellen in die ere gotz. wōlt ir mir ouch wat geuē/so wyl ich vier my leefdag gedenken/vn̄ na lesen vigilien vn̄ seelmissen. He sacht ya leuer herrich wil vier gedencken/kempt nae mittag wed/ich wil vch selffs ein stück goltz in die hant geuē/ so sijt yr gewyss. Der paff was fro/quā na mittage wed. die weil hat vlensp. ein kan̄/die ded he halff vol menschen drecks vn̄ lacht wat geltz darup dat den dreck bedeckt. Als der paff wed quā, sprach he/O myn lieuer vlensp. ich bin hie/wilt yr nu mir wat geuē/dat mōgd yr doin. He sacht ya leuer her. wild yr nu zuglich gryffen vn̄ niet gyrich syn/so wil ich vch laissen gryffen einē gryff vß deser kan̄ē. daby süld yr min gedencken. Der paff sacht/ich wilt doin na vrem willen/vn̄ gryffen zim̄lich dryn. Vlensp. ded die kan vp sagende: Syet/die kan ys vol geltz/gryffen dryn nympt ein hant vol/doch gryft niet zo dieff. He sacht ya. vn̄ wart so gyrich/greiff in die kan̄ dieff/ vn̄ bescheiß die hant gar in dem dreck. So sacht ō paff zo jm O wat schalcks bistu. Bedrūgstu mich in dym leste end/dae du ligs an dym lest end. Vlensp. sagt/her ich warnde euch/ir solt niet zo diep gryffen. Bedruligt euch nu vre gyricheit/ vnd folgt mir niet/dat is myn scholt niet. Der paff sacht/du bra ein schalck duer al schelck vßgelesen. konstu dich zo Lübeck vam galge redē/so antwurtz tu mir ouch wail wed. vn̄ ginck ewech/liess jn lygē. Vlensp. rieff jm na/dat he beyte/vn̄ dz gelt mit jm neme. der paff wold niet hōren.

Wie vlensp. syn gūt in drij deil bdeilt. ein deil synē frün

den/ein deil dem raid zo Mollen. dz derdt dem pastoir/
Ulenspe. macht syn testamēt/deilt syn gūt in drii dal. ey
dail sijnē fründē. dat andʳ dem Raid zo mollen. dz derdʳ/
dem pastoir/mit solchem vnderscheit. wan got ouer jn gebode
dat he sturue/sold men jn begrauē vp dz gewidel vñ sin sele be=
gain mit vigiliē vñ seelmissen. vñ na vier wochē sold sy ein=
dreckrlich die schōn kist/die he sy wysen wold mit kostlichenn
slossen bewart/vp sliessen sūldē. vñ dat dairin' were/mit eynan
der deilē gūtlich. Sy namē dat an/vñ vlēsp. starff. Sae nu
alle ding na luid des testamēts volbracht/vñ die vier wochē
vm warē. quā dʳ Rait/dʳ pastoir/vñ die fründe/dedē die kyst
vp den schatz zo deilē. da fondē sy andʳs nlet dan stein. do sach
ye einer den andʳn an/wurde zornich. Der pastoir meint der
Rait het den schatz genomē/want sy die kist in vwariig hat=
ten. Die fründ meintē der paffe hette den schatz genomen da
vlēspe.bichte vñ he alleyß by jm was. Also schiedē sy in vnwil=
len. Der pastoir vñ Rait woldē jn vßlaissen grauē/do was
he so fuil/dat nyemantz by jn blyuē mocht. do machtē sy dat
graff wedʳ zo/vñ lachtē einē stein darvp jm zo gedechtnys.

Wie vlensp. starff/vñ die sew die bair vmbwurpē.

Do Vlenspe. do it was/lacht men jn vp die bair. Da quā=
men die paffen woldē jm vigilie singē vñ bouē an. da quā
des spedails sw mit eren jonge/gingēn vñ die bair/vñ reiff sich
dar.in/dat vlensp. aff rumpelde. da woldē die paffen die suw
mit den jongē vß drijuē. sy wold sich niet vdrvuē laissen. die
sw vñ die jongē lieffen zerstraut ym spedail/lieffen vñ sprōn=
gen durch die paffen vñ begynē/ouer die krancken/ouer den
dodē vlensp. so dat da ein geschrey wart vā den alden begynē/
dat die paffen die vigilie stain liessen/lieffen zer dōren vß vñ
die andʳn bractē die sew. Da lachtē de begynē dʳn dode lichā
wes vp die bair. vñ quā vnrechtz zo lygē vp den buich/perdʳ
den rück zo berg. Do die paffen ewech gingē/sachtē sy/ wōl=
den sy jn begrauē/dat mōchtē sy do in/sy quemē niet wedʳ. doe

begroue die begynē vlenspegels vnrecht ligede vp dem knick so satte sy jn put graff. So quamen die paffin wed sagende/ Wat raitz sy gene, wie men jn begraue sulo. He enliest niet lygen wie ande christe menschen, vn vnami dat he vp dē buich sach. do lachtē sy sagende. He bewyst selffs dat he vkert wil lygen. Dat willen wir so doin.

Die vlensp. begraue wold syn van begynen.

BJ Vlenspegels begreffnis gieng yd wündlichen zo. want als sy stoinde vp dem krichoue vm die boden late, da he in lach slachtē sy jn vp zwey seil wolden jn ju sencken/do brach dat seil entzwey dat by den füessen was/ vn die laid schoutz put graff, dat he quā vp syn füeß zostain So sprachen sy al die da by stoinde, laist jn stain. dann he is wlindlich gewest in sym leue, wündlich wil he ouch syn in synem doid. Also wurffen sy dat graff zo / vn liessen jn also stay vn satten jm einē stein vp dat graff, vn heu wen vp dat halff deil ein ule vn einē spiegel, den die üle in den clawen hat, vnde schreuen bouen an den stein/

Desen stein sal nemantz erhauen,
Hie steit Vlenspiegel begrauen.
Jn. M.CCC.L. Jair.

Wie Vlenspegels Epithaphium vn duerschrifft zu Lunenburch vp sym graeff gehauwē steyt.

Epitaphium.
Desen stein sal nyemantz erhauen,
Vlenspiegel steit da vprecht begrauen.